Sibylle Knauss

Das Herrenzimmer

Roman

Hoffmann und Campe

CIP-Kurztitelaufnahme der Deutschen Bibliothek

Knauss, Sibylle:
Das Herrenzimmer: Roman / Sibylle Knauss. – 1. Aufl. –
Hamburg: Hoffmann und Campe, 1983
ISBN 3-455-03861-1

Lektorat Jutta Siegmund-Schultze
Schutzumschlaggestaltung Jan Buchholz und Reni Hinsch unter
Verwendung eines Fotos von Harro Wolter
Gesetzt aus der Korpus Baskerville Antiqua
Satzherstellung Dörlemann-Satz, Lemförde
Druck- und Bindearbeiten Ebner Ulm
Printed in Germany

»Du bist ein Kind, José Augusto,
ein Kind, durch Mißgeschick zum Mann geworden . . .«

Augustina Bessa Luis

Die Kapitel

Familiengräber

Eigentlich war es eine Familienfeier wie alle anderen. Carls Tod hatte niemanden überrascht, und wie die meisten, die man zu Grabe trägt, wurde er von niemandem wirklich betrauert.

Trotzdem war Victor ganz Sohn am Grabe des Vaters und empfand einen Schmerz, der ihn überraschte. Carl hatte ihn nicht geliebt, und er ließ ihm jetzt keine Chance mehr, daran zu zweifeln. Das war es. Alles war ewig geworden, die Wut, die Vergeblichkeit, die Enttäuschung. Alles war endgültig, ein für allemal, definitiv. »Papa, ich verstehe dich nicht.« Und er würde in alle Ewigkeit antworten: »Laß mich in Ruh!«

Victor trat ein paar Schritte zurück und stellte sich wieder an den Platz, den er einnahm innerhalb der Familie. Schräg vor ihm stand Ruth. Er sah ihre Schultern zittern wie damals, als sie Carl heiratete. Victor war zwölf. Sie hatten ihn mitgenommen in das Zimmer des Standesbeamten. Er saß hinter ihnen, vor sich den breiten Rükken seines Vaters und Ruths schmale Schultern daneben, ihr Zittern. Damals empfand er zum erstenmal Mitleid für sie. Er wußte noch nicht warum.

Jetzt standen Seite an Seite die beiden Schwestern am Grab. Immer verfeindet, traten sie plötzlich als siamesische Zwillinge auf und warfen im gleichen Augenblick ihre Sträuße hinab. Carl, sieh deine beiden Mädchen, so leicht zu verwechseln, Renate, Beate – Beate, Renate. Wie heißt meine jüngste Tochter? Renate war acht, als sie zum erstenmal gegen den abgeschmackten Reim, den die Erwachsenen sich gemacht hatten, protestierte. »Wir sind keine Zwillinge!« schrie sie eine Besucherin an und verlangte auf der Stelle ein anderes Kleid. Ruth setzte sich lange zur Wehr. Sie kleidete ihre kleinen Mädchen mit Liebe und vollkommen gleich. Sie machte ihnen entzükkende Lockenfrisuren und band ihnen Schleifen ins blonde Haar, die allenfalls in der Farbe verschieden waren. Aber niemals gelang es ihr ganz, Carls Aufmerksamkeit auf die Töchter zu lenken. Der Tag, an dem sie sich gegenseitig die Haare abgeschnitten hatten! Ruth schrie und weinte. Und Carl hatte gar nichts begriffen. Er verhängte zerstreut eine Strafe, die ihm hoch genug schien, um Ruth zu beruhigen, und wandte sich anderen Dingen zu. »Papa!« – »Laß mich in Ruh!«

Ruth stand wieder eingerahmt von ihren Töchtern, und Victor spürte, wie seine Mutter neben ihm zögerte. Sie war an der Reihe. Einen Moment lang fürchtete er um den reibungslosen Ablauf des Rituals und daß eine Lücke entstände, die voreilig jemand anderes ausfüllen würde, Schwäger, Nichten, Kusinen, und wieder einmal wäre für Mutter kein Platz mehr gewesen. Dann stand er plötzlich im Regen. Sie hatte den Schirm mitgenommen und ging unsicher auf glitschigem Boden zum Grab.

Wieder war Victor ihr Zögern peinlich. Sie blieb zu lange stehen. Sie sah zu lange hinab. Sie ließ ihre Blumen zu langsam fallen. Mutter, wie kannst du ... Das alte Gefühl. Verzeih. Er war froh, daß sie unter dem Schirm ging und niemand ihr Gesicht sehen konnte. Er wollte es auch nicht sehen. Kein Platz für deine Gefühle, Mutter, nicht hier, bitte nicht hier.

Sie war uneingeladen zu seiner Schulabschlußfeier gekommen. Er stand auf der Bühne im Chor und lächelte Ruth zu, die vorn neben Vater saß. »Victor, deine Mutter!« Er hoffte, sie würde ganz hinten Platz nehmen und bald wieder gehen, und sah voll Entsetzen, wie sie auf Ruth und Vater zuging und sich neben sie setzte. Und nachher ihre Umarmung. Wie konntest du, Mutter! Er stand zwischen ihr und Ruth, und Vater gab ihm ein Glas Sekt, und alle sahen sie zu, wie er dastand mit einem Glas in der Hand und seinen entblößten Gefühlen.

Und dann der Verdacht, daß Vater das Ganze nicht einmal unangenehm war. O nein. In Wahrheit nämlich war Carl Bigamist. Er war zwar von Mutter geschieden, fühlte sich aber als Mann zweier Frauen und haßte niemanden mehr als den Mann, mit dem Mutter nach ihm ein paar Jahre verheiratet war. Er wäre noch lieber Polygamist gewesen. Zwei Frauen, das war im Grunde ein Anfang für ihn, ein unvollendeter Harem. Er sprach tatsächlich im Plural von ihnen, »meine Frauen«, und jahrelang noch, nachdem er mit Ruth verheiratet war, gefiel es ihm, sie zu verwechseln. Er betrat das Haus: »Charlotte!« Ruth, seit drei Jahren seine Frau, erschien auf der Treppe. »Carl?« Nicht einmal jetzt merkte er etwas.

Ruth verzieh ihm. Sie wäre nicht auf den Gedanken gekommen, daß er Charlotte noch liebte. Das war es auch nicht. Carls Rücksichtslosigkeit war vielmehr die Kehrseite seiner Treue. Und treu war er seiner Frau. Nicht Charlotte, nicht Ruth. Er hielt es mit dem Abstrakten, nicht mit dem Konkreten. Mit der Gattung, nicht mit dem Individuum. Carl war der Bauer, der vom Feld heimkommt und schon vom Hof her »Frau« ruft. Der es bei der ersten getan hat und bei der zweiten tut und es, so Gott will, noch bei der dritten tun wird. Dann stirbt er eines Tages an Prostatakrebs oder Schlagfluß, und eine Frau, schmal, blaß und sehr jung, kann es nicht fassen, daß sie unter allen, die an ihrer Stelle waren, die eine Freigelassene ist. Sie zählt ihr Geld und richtet das Haus wohnlich ein. Sie hängt Bilder an die Wände und näht neue Gardinen.

Ruth? Nein, Ruth ist die zweite, und sie ist nicht mehr jung, aber auch sie eine Freigelassene. Sie wird ihr Geld zählen und wird ihr Haus herrichten. »Es war eine Erlösung für ihn«, wird sie sagen, und meinen: »Es war eine Erlösung für mich.«

Es ist geschehen, was Victor befürchtet hat: Charlotte umarmt sie. Sieh, Carl, wie deine zwei Frauen sich in den Armen liegen! Das war es doch, was du gewollt hast! Und alle finden es rührend und warmherzig und tolerant. Sie glauben, sie tun es aus eigenem Antrieb, überwältigt von ihren Gefühlen. Sie tun es für dich! Sie tun es dir zu Gefallen. Noch jetzt, noch hier erfüllen sie deinen Willen. Zwei Frauen am Grab, Carl, war das nicht das mindeste, was du vom Leben verlangt hast?

Drei Kinder. Die hast du nicht vom Leben verlangt, ich weiß. Sie kamen. Kinder gehören zu dem, was Frauen vom Leben verlangen. Wie sagtest du doch, als ich heiraten wollte? »Du bist noch nicht fertig, Victor. Du kannst doch noch keine Familie gründen. Frauen wollen ein Kind.« Ein Kind? Ach so. Frauen wollen ein Kind. Man muß sie zufrieden machen, sonst hat man den Teufel im Haus. Gib ihnen, was sie brauchen, du weißt schon, und einen glitzernden Ring und ein Kind, damit der Vulkan nicht ausbricht, das Unkraut nicht wuchert und der Akker nicht brachliegt. Wir kleinen Götter. Am Abend gehen wir zum Biertisch und bannen das Chaos mit kräftigen Worten. Dann stehen wir auf: »Jetzt mache ich einen Sohn«, und gehen nach Hause und alle Kumpane der Welt sind unter Tarnkappen zugegen, und keiner zweifelt, daß es ein wenig doch in unserer Macht liegt: Es wird ein Sohn, ein Sohn, ein Sohn.

Was ist mit dir los, Carl? Hast du dich wirklich verwandelt? In einen gestaltlosen Bruder? Ich kann es nicht glauben. Und ich? Ich soll kein Sohn mehr sein? Die Generation zwischen uns, das Vater-und-Sohn-Sein, nur Staub, eine sterbliche Hülle, abgestreift und begraben? So treten wir uns entgegen, noch etwas verlegen und blinzelnd im ungewohnten Licht der Ewigkeit: Ich erkenne dich, Victor. Ich erkenne dich, Carl.

Kein Zweifel: Er hat keine Kinder gewollt. Er hat überhaupt nicht bemerkt, daß er welche hatte. Er selber war Sohn, und er ist es geblieben. Er war der letzte. Was nach ihm kam, zählte nicht mehr. Hier bin ich: Victor, dein Sohn! Er kann mich nicht hören. Er ist acht Jahre alt, geht an der Hand seines Vaters, so hübsch gekleidet im Matrosenanzug. Und seine Mutter ist da und Ernst und Franziska. Sie sehen sonntäglich aus. Sie gehen zur Kirche. »Wir gehen heute zu Fuß«, hat Carls Vater gesagt. Die Sonne scheint, und der Chauffeur hat frei, und die Familie sieht zu Fuß fast noch sorgenfreier und glücklicher aus als im Wagen. Die Mutter mit langen Taftröcken, klein und zierlich. »Anmutig«, sagte Carl, als er schon alt war, zu seiner Schwester: »Kannst du dir etwas Anmutigeres vorstellen als unsere Mutter?« Der Vater groß und stattlich, »ein Hüne«, sagte Carl, der selber kleinwüchsig und nach seiner Mutter geraten war. »Mein Vater war ein Hüne.« Die Schwester hübsch und bezopft.

Sie streift mit dem Saum ihres weißen Sonntagskleides die Blumen am Wegrand. Und der ältere Bruder, vielleicht eine Spur zu schwerfällig in seinen Bewegungen, eine Spur zu wasseräugig, um der strahlende Komet der Familie zu sein, wie es von Geburt her sein Amt war. Aber sie hatten ja Carl.

Carl, der die Hand seines Vaters nicht losläßt, der zu ihm aufblickt, in dessen Augen sein Vater das gewisse Funkeln entdeckt, das er bei seinem ältesten Sohn vermißt, Carl, in dessen Seele diese Sommersonntagsbilder für immer eingehen werden: glücklich sein, reich sein, am rechten Ort sein – aber was ist denn los? Die Szene ist stumm! Die Münder öffnen und schließen sich. Lerchen steigen totenstill in den Himmel. Die Glocken schwingen am Kirchturm hin und her, und kein Laut dringt ans Ohr. Die Eltern greifen mit rudernden Armen ins Leere, und Carls erhobenes Kindergesicht verzieht sich langsam, langsam zu einem Zeitlupenlachen. Ein zerdehnter Stummfilm das Glück. Mit langen zögernden Schritten und schwerelos wehenden Haaren bewegen sich alle fünf auf ein Ziel zu und lassen sich, immer langsamer werdend, zuletzt in Steine verwandeln, quadratische Marmorplatten mit Goldschrift, die Victor betrachtet.

Ganz rechts Johann Heinrich, der Vater, und neben ihm Clara, seine Frau, die ihn um vier Jahrzehnte überlebt hat. Daneben eine offene Grube: Carl. Dann Ernst, dessen Grab begraben ist unter dem klumpigen Lehmboden, den man aus Carls Grube ausgehoben hat. Dann Franziska, seit zwei Jahren tot, und ganz links ihr Mann, ein Paar, das als Paar gestorben war, innerhalb weniger Wochen, er oder sie zuerst, das spielt keine Rolle. Sie starben einander blindlings nach und hatten auch so gelebt.

Franziska und ihr Mann – die Zärtlichkeiten, die Koseworte, das Tätscheln. Als Kind war Victor gern bei ihnen. Dann gab es eine Zeit, wo es ihm unausstehlich war. Zwei Stunden am Sonntagnachmittag, eine einzige Peinlichkeit, eine Qual. Noch jetzt wand er sich bei der bloßen Erinnerung. Aber sie waren das Paar. Sie hatten für immer seine Vorstellung von einer »richtigen« Ehe geprägt. Franziska und ihr Mann: So mußte es »eigentlich« sein. Und als ihm jetzt jemand zuflüsterte: »Wo ist Christine?«, da wußte er gleich, wer es war, Franziskas Tochter Brigitte, betulich, ältlich, besorgt. Er hatte sich vorgenommen, nicht peinlich berührt zu sein, wenn diese Frage gestellt würde, und es tat ihm mehr Brigittes wegen leid, die auf alles gefaßt war, nur nicht auf dies: »Christine hat mich verlassen.«

Brigitte überlegte jetzt fieberhaft, welches Gefühl zur Schau zu stellen sei angemessenerweise, Empörung, Erschrecken, Mitgefühl, aber nichts bot sich ihr an aus dem Arsenal ihrer Erziehung. Für Situationen wie diese war sie nicht präpariert worden, und schon durch den Trauerfall überanstrengt – sie hatte bestürzte Trauer und tiefe Betroffenheit signalisiert –, brachte sie nichts weiter hervor als ein kurzes Ach, und, gewohnt, sich auf dem sicheren Feld der Konventionalität zu bewegen, wandte sie sich von Victor ab und trat noch einmal ans offene Grab, auf das sie lange hinabsah, wobei sie Zeit gewann, zu überdenken, was sie gerade gehört hatte: Victors Ehe zerstört. Christine hat ihn verlassen. Aber warum?

Nach dem Begräbnis der zweite Teil der Zeremonie: der Triumph der Lebenden über den Tod. Sie würden essen und trinken und reden und alle von uneingestandenem Glück durchströmt sein: Wir leben, und er ist tot. Wir haben die Welt von seinem Leichnam befreit. Und selbst Leuten wie Brigitte käme unausweichlich der Satz von den Lippen: »Das Leben geht weiter.« Sie würden sich jetzt nicht mehr viel Mühe machen, ihre Erleichterung zu verbergen, und bald dazu übergehen, fast grundlos und zu ihrer eigenen Überraschung zu lachen, was niemandem wirklich peinlich wäre, und dankbar würden sie alle spüren: Das Maß ihrer Übereinstimmung war selten so groß.

Victor wollte nicht dabeisein, und er verstand Carl, der mehr als die lebenden die toten Familienmitglieder geliebt hatte: feierlich ernste Gesichter, fragend und still, mit denen sie ihm entgegengeschaut hatten alle die Jahre. Jetzt findet ein Leichenschmaus statt, Carl, und du bist die Leiche. Unglaublich. Doch. Die Feier deiner Abwesenheit wird begangen. Das kann nicht sein. Aber es ist so. Er war so anwesend, gerade er. »Es war soviel Leben in ihm«, hat Ruth gesagt, als er tot war. O Gott, laß ihn nicht als Geist erscheinen, laß ihn tot bleiben, laß ihn im Frieden meiner Gedanken ruhen.

Doch er erscheint. Er wird immer wieder erscheinen. Er will noch einmal, ein einziges Mal mit mir reden, wie alle die Unerlösten, die als Geister zurückkehren und sich nicht abweisen lassen. Er will mir alles erklären. Ich soll ihm zuhören, ihn verstehen, einmal, dies eine Mal. Laß nur, Carl, laß es gut sein. Ich weiß ja . . . Nein, er besteht darauf, sich zu erklären. Er wird wiederkommen. Damit muß Victor jetzt leben.

Nicht nur Victor, auch Ruth. Kaum war Carl tot, kaum hatte Ruth es begriffen, da fing der Spuk schon an, und während des ganzen makabren Vorgangs seiner Einsargung war er unmißverständlich zugegen.

Vielleicht hatte Ruth es darum so eilig, ihn weggetragen zu sehen. Knapp eine Stunde, nachdem er gestorben war, hatte sie den Leichenbestatter im Haus, um in Anwesenheit von Victor alles zu regeln. Jetzt wurde die lange schon von ihr konzipierte Anzeige aufgesetzt. Keine Gefühle, nur Tatsachen: »... ist gestorben ...« Und dann? Der Leichenbestatter macht Vorschläge aus seinem Katalog. »In stiller Trauer?« – »Nein.« – »In tiefer Trauer?« – »Nein.« – »In Liebe und Dankbarkeit?« – »Nein, gar nichts.« – »Gar nichts?« – »Nein, gar nichts.« Noch sein Befremden enthält Pietät und Taktgefühl. Gar nichts. Auch nicht der teuerste Sarg. Nicht der teuerste Sarg? Also der zweitteuerste? Der dritteuerste. Der dritteuerste ist schon der zweitbilligste Sarg. Und der liebe Verstorbene ist erst kaum eine Stunde tot.

Währenddessen sitzt oben an seinem Bett die Frau, die man als Nachtschwester engagiert hat, eine beschäftigungslose Witwe, die heute wie jeden Abend erschien und plötzlich so überflüssig und ein letztes Mal da ist wie der Leichnam im Bett. Sie verwandelt sich flugs in das Abbild eines Klageweibs, unverkennbar, auch wenn sie ihr Haupt nicht verhüllt und in lautes Heulen ausbricht. Sie sitzt einfach da und sieht bewegungslos auf ihn hinab, ein Mahnmal der Trauer, bezahlt und bestellt und am richtigen Ort wie die Blumen, die man auf ein Grab legt. Erstaunlich, wie alles sich reibungslos in die Szenerie fügt: ein Totenhaus. Nein, das war nicht das richtige Wort. Ein Trauerhaus. Victor schlich darin herum, mehr von dem Gefühl der Peinlichkeit als von Trauer getrieben. Was tut ein Sohn im Haus seines gerade gestorbenen Vaters? Was schickt sich für ihn? Seit Carl tot war, stand alles unter dem Diktat einer Macht, die Victor am wenigsten erwartet und von deren Wirksamkeit er bis dahin nicht die geringste Ahnung gehabt hatte. Ihr Name stand auf dem schwarzen Wagen des Leichenbestatters vor dem Haus: Pietät. Victor hatte so etwas wie die Majestät des Todes erwartet und war darauf vorbereitet gewesen, von ihr überwältigt zu werden. Nicht diesen alles erdrückenden Mief des Konventionellen, dem er im Haus nicht entging und mit dem die Lebenden ihre Macht etablierten.

Der Leichenbestatter verschwand und kehrte eine nutzlos verstrichene halbe Stunde später zurück. Er hatte Träger mitgebracht und den Sarg dritter Klasse. Sie stellten ihn unten im Hausflur ab und gingen zu viert hinauf. Victor starrte entsetzt in den leeren, geöffneten Sarg, Carls letztes und prächtigstes Bett aus Polstern und Rüschen und fahlweißem Satin. Da mußte er hinein. Sie kamen mit ihm die Treppe herunter. Sie trugen ihn zwischen sich in seinem Bettlaken, aus dem sie ihn in den Sarg rollen ließen. Dann legten sie ihn zurecht und deckten ihn mit der gerüschten Satindecke zu, die flach und brettartig auf ihm auflag. Der Leichenbestatter zog einen Kamm aus der Tasche. »Trug der Verstorbene einen Scheitel?« fragte er Ruth und kämmte sein flaumweiches totes Haar. Darauf verharrten sie einen Augenblick lang in pietätvoller Starre und gaben noch ein paar Augenblicke hinzu, da es offensichtlich zum Ritual gehörte, daß Victor und Ruth diesen Anblick tief in sich aufnahmen, und selbst Carl, den Victor vor nichts mehr bewahren konnte, er hatte sich der Macht dieser Handlanger des abscheulichsten Kitsches gebeugt und lag da als wächserne Lilie auf seinem Satinkissen, ja, als wächserne Lilie, und sie schlossen den Deckel, als Ruth sich abgewandt hatte und trugen ihn endlich hinaus.

Victor wurde noch tagelang von der Vorstellung heimgesucht, daß er ein furchtbares, nie wieder gutzumachendes Unrecht begangen habe, indem er das alles zuließ und tatenlos dastand, als Carl so erbarmungslos Gewalt angetan wurde. Ja, es kam so weit, daß er alle die alten Unheimlichkeiten träumte: War Carl wirklich tot? War nicht erst dadurch, daß man den Deckel über ihm schloß, etwas Schreckliches, Endgültiges geschehen, für das er und Ruth die Verantwortung trugen in gräßlicher Mittäterschaft? Sie hatten nichts Eiligeres zu tun gehabt, als ihn diesen Vollstreckern zu überantworten, und nicht einmal gefragt, wohin sie ihn brachten. Schuldbewußt dachte Victor an aufgebahrte Familienväter, von trauernden Nachkommen nächtelang still umstanden, und wagte es kaum, sich den Ort auszumalen, an dem Carl jetzt aufbewahrt wurde. Eine Garage im Hause des Leichenbestatters? Eine Friedhofskapelle? In jedem Fall dunkel und kühl. Er merkte, daß er sich bisher nicht ausgekannt hatte und daß auch die Toten noch nicht sofort tot genug waren, um frei zu sein von Übergriffen und Zwängen. Dabei fand er etwas Entlastung von seiner Schuld.

Aber Erleichterung brachte erst die Bestattung. Nun war alles geschehen. Er konnte nichts mehr ändern. Nun endlich war Carl gestorben, aus dem Zwielicht ins Dunkel getreten, die Geister gebannt.

Man würde sich wundern. Man würde sich fragen: Wo ist Victor geblieben? Er kann doch nicht schon nach Hause gefahren sein. Man sieht sich so selten. Und überhaupt: Wo ist Christine? Sie ist ja gar nicht dabeigewesen! Ist sie krank? Unverständlich. Sie soll ihn verlassen haben? Unglaublich. Ein so nettes Paar. Und ein reizendes Kind: Corinna. Ja, Victor machte einen komischen Eindruck.

Er wußte, wohin er wollte. Es war nicht weit. Er fuhr durch eine scheußliche Gegend. Eine Fabriklandschaft aus dem vergangenen Jahrhundert, ein Alptraum aus Schornsteinen, dunklen Fassaden und schmutziger Luft. Dazwischen Arbeitersiedlungshäuser, jahrzehntealt, einander so gleich, als wenn sie unbewohnt wären und noch heute ein Grabmal für die, die vor fünfzig Jahren in ihnen lebten. Um diese Zeit waren die Straßen fast menschenleer, und selbst die paar Kinder, die hin und wieder auftauchten, konnten sie nicht beleben. Hier ist Carl aufgewachsen. Hier? Nicht weit von hier. Victor muß noch durch eine Eisenbahnunterführung. Dann parkt er an einer efeubewachsenen Mauer. O doch, unendlich weit.

Das Tor ist geöffnet. Die alten Linden rechts und links der Einfahrt blühen und verströmen ihre Düfte. Von ihren Zweigen tropft noch der Sommerregen, der längst aufgehört hat, und während Victor auf das Haus zugeht, bricht die Sonne durch, und blendendes Licht wird von den hohen gotischen Fenstern reflektiert. Ein häßlicher Kasten. Ein Backsteinmonstrum mit Erkern, Balkonen und Türmen. Ein Monument unternehmerischer Großmannssucht der Jahrhundertwende, als jeder Bierbrauereibesitzer sein Schlößchen bewohnte. Victor ist einmal mit Carl hier gewesen. Es muß fast dreißig Jahre her sein. Er war ein Kind. Carl wollte ihm irgend etwas beweisen, was er schon damals nicht ganz begriff. »Du mußt wissen, wo du herkommst«, sagte er. Hierher? Victor war alles sehr fremd vorgekommen. Das Haus lag abweisend und leer mit blinden, zum Teil zerbrochenen Fenstern. Sie suchten sich einen Weg durch den verwilderten Park und umkreisten es mehrmals auf glitschigem Herbstlaub. Carl hatte keinen Schlüssel. Er schien auch gar nicht hineinzuwollen, und als Victor versuchte, durch eine der Terrassentüren zu sehen, wie es innen aussah, wurde er ungeduldig und wollte zum Auto. Er zankte sich auf der Heimfahrt entsetzlich mit Ruth, die einen Vorschlag zur Abkürzung des Weges gemacht hatte, und während Victor sich auf dem Rücksitz in eine Ecke drückte und heimlich, heimlich das alte Haus betrat durch einen bisher verborgenen Eingang und bald vor der Tür stand, die er niemals zu öffnen gewagt hätte außer vielleicht sehr viel später und mit gezogenem blankem Schwert, da geschah es, daß Carl, wie nur ganz selten und bei seinen schlimmsten Ausbrüchen, den Punkt erreichte, wo sein Wutgebrüll plötzlich in eine Art Schluchzen überging, und er schrie Ruth an und schrie gleichzeitig nach Erlösung.

Carl hatte jahrelang einen Käufer gesucht für das Haus oder wenigstens einen Mieter, der diesen uralten Kapitalistentraum bewohnen wollte, das Schloß in der Arbeitersiedlung, den Park, dessen Blattwerk den Ausblick verdeckte, den die Balkone freigaben: rauchende Schlote und über allem der Schein von den Feuern des Hüttenwerks wie Abendrot. Hier hatte früher Johann Heinrich gestanden, und was er sah, gehörte ihm. Es war sein! Schließlich – Carl hatte schon fast alle Hoffnung aufgegeben und sah in seinen Alpträumen das Haus als Ruine – fand sich ein Interessent, und es wurde zur Waldorfschule. »Mein Elternhaus heute ein Internat«, hörte ihn Victor sagen. Es fiel ihm ein, daß jetzt Sommerferien sein müßten. Wahrscheinlich würde alles wieder verschlossen sein, so wie damals, nur ohne Geheimnis, ein alter Backsteinbau, der Flure und Klassenzimmer umschloß. Victor ging durch den Park. Man hatte neue Nebengebäude errichtet, in denen wahrscheinlich die Schüler wohnten, bizarre Anthroposophenhäuser mit fünfeckigen Fenstern. Er kehrte zum Haupteingang zurück und traf einen Lehrer.

Der Mann kam gerade aus dem Haus und schloß sorgfältig das Portal ab. Er drehte sich um zu Victor, der auf ihn zuging und sah ihn mit routinierter Freundlichkeit an, Rudolf-Steiner-Maximen im Blick: Ich bin immer offen für andere Menschen, auch wenn ich es eigentlich eilig habe. Was soll es denn sein? Victor beschloß auf der Stelle, ihn auszunutzen, und äußerte seinen Wunsch, das Haus von innen zu sehen. Dann konnte er der mitmenschlichen Zugewendetheit nicht länger widerstehen und erklärte darum: »Mein Großvater hat es erbaut. Mein Vater ist hier geboren.«

Der Mann mit der Baskenmütze verstand. Er verstand ja so gut. Er hatte schon alles vergessen, was er zu tun gedacht hatte, und ließ ihn hinein. Er erinnerte sich an Bilder, die irgendwo im Haus gefunden worden waren, alte Photographien von der Familie, die früher hier gewohnt hatte. Er schloß ein Büro auf und machte sich ans Suchen. Victor war allein.

Er ging durch die Glastür, die eine Art Vestibül vom Treppenhaus trennte, und sah sich in einer hohen, mit

Holz getäfelten Halle. Ein Jagdschloß. Natürlich ein Jagdschloß. Wohin man auch blickte nur Holz, nichts anderes, kein Stück weiße Wand. Eine sehr breite Treppe nach oben, die Victor hinaufging, eine Galerie, wo er stehenblieb und sich über die Brüstung lehnte. Der Fußboden unten ein seltsames Marmormuster aus hell und dunkel und gelblich, das Victor jetzt langsam erkannte, quadratische und halbrunde Formen: Himmel und Hölle, ein Schulhofspiel. Man hüpft mühsam auf einem Bein, konzentriert sich auf das Steinchen, das im richtigen Feld landen muß, umstanden von Zuschauern, die ungerührt darauf warten, daß man einen Fehler macht. »Hölle, wo ist dein Sieg?« Ein Lied? Ein Bibeltext? Victor sucht nach dem Satz, der vorausgeht. Er hat die Struktur, den Rhythmus, aber er findet die Worte nicht. Er spürt den Sog, der von Treppenhäusern ausgeht, in die man von oben blickt. Victor! Lehn dich nicht so weit hinüber! Mutter war immer so ängstlich. Ruth war ganz anders. Sie schenkte ihm fünfzig Pfennig, damit er vom Garagendach sprang, und wenn er mit ihr allein im Auto saß, trat sie für ihn aufs Gaspedal und überschritt Geschwindigkeitsgrenzen. Macht es dir Spaß, Victor? Und ob!

Er riß sich von dem Blick in die Tiefe los und sah sich um. Eine Tür hinter ihm war geöffnet. Ein Klassenraum, wie er es sich gedacht hatte, Tische und Stühle und Schülerzeichnungen an den Wänden. Nichts, was die Anwesenheit eines Betrachters rechtfertigen konnte. Er trat ans Fenster. Der Blick in Kastanienbäume und unten am Haus Rhododendron. Was ist das für ein Zimmer gewesen? Was standen hier für Möbel? Was ist hier geschehen?

Ein Schlafzimmer. Sicher ein Schlafzimmer. Oder ein

Kinderzimmer. Vielleicht das von Carl. Sie hatten zu viele Zimmer hier oben. Ob die Dienstboten auch hier geschlafen haben? Natürlich nicht. Sie schliefen unter dem Dach, und über den Pferdeställen war die Wohnung für Kutscher und Gärtner. Die Kinderfrau schlief bei den Kindern. Als Carl sechs Jahre alt war, kam eine Gouvernante ins Haus, Mademoiselle, eine echte Französin, die Vorgängerin der Lehrer in diesem Haus, die ahnungslos ihre Waldorfschüler behutsam und unendlich freundlich darin unterweisen, das Leben als ein Geschenk anzusehen und sich wie Pflanzen dem Licht zuzuwenden, so dankbar, so von der Freude am Dasein durchströmt.

»O qu'il est bête, ce garçon!« Was hatte Carl denn getan? Er überlieferte nur diesen Satz, der in seinem Munde zum geflügelten Wort wurde, später auf Victor angewandt. »Qu'il est bête, ce garçon!« Nie sprach er darüber, was Mademoiselle veranlaßt hatte, in diese Worte auszubrechen, die ihm wohl hauptsächlich dazu dienten, zu illustrieren, wie vornehm seine Kindheit gewesen war. Eine französische Gouvernante! Quelle bonne famille! Comme ils sont riches! Er konnte schrecklich vulgär sein.

»Du mußt wissen, wo du herkommst.« Victor stand wieder im Treppenhaus. Diesmal stieg er in den Dachstock und sah von ganz oben hinab. Der obere Teil der Treppe war schmaler. Die Holzvertäfelung reichte nur bis Schulterhöhe. Himmel und Hölle im Erdgeschoß waren, von hier aus betrachtet, ein harmloses Schachbrett. Die Türen waren schmaler und niedriger als unten und ohne Ornamente. Dienstbotentüren, die zu Dienstbotenkammern führten. Ein ständisch gegliedertes Haus. Frühmorgens huschten verschlafene Mädchen nach unten und waren schon längst in der Küche tätig, wenn Carls Mutter aufstand und sich an den fertigen Frühstückstisch setzte. An der Lampe über dem Eßtisch hing eine Klingel, und sie läutete als erstes nach frischem Kaffee.

Für Carl war sie ein Leben lang maßgeblich, die Grenze zwischen oben und unten und arm und reich. Sie verlief irgendwo zwischen Hüttenarbeitern und Fabrikdirektoren, zwischen Handwerkermeistern und Rechtsanwälten, und sie verlief sich im Dschungel von Bürovorstehern und Prokuristen. Carl wußte immer genau, wo sie war, und ließ sich darin nie beirren. »Was macht der Vater?« fragte er immer zuerst, wenn Victor von neuen Freunden erzählte. Zahnarztsöhne oder allenfalls Lehrerskinder waren erlaubt, auch die Kinder von Witwen akademisch gebildeter Kriegsopfer, mochten sie noch so arm sein. Carls Reaktion zeigte überdeutlich, wer diesseits und jenseits der Grenze geboren war – denn es war eine Sache der Geburt, und so stand außer Zweifel, wo Victor sich selber einzuordnen hatte: Er würde geradlinig und unangefochten die Reihe seiner Vorväter fortsetzen, ein Patriarch unter Patriarchen, der seinen sozialen Status geerbt hatte und weitervererben würde.

Victor war acht Jahre alt, als Carl aus der Kriegsgefangenschaft zurückkam. Er hatte ihn nie gesehen. Bis dahin war er das Kind von Charlotte gewesen und nur ihr Kind. Er war in ihre Familie hineingeboren, Enkel einer Großmutter, die Charlottes Mutter war, Urenkel einer Urahnin, die noch lebte, und Neffe von Charlottes zwei Schwestern, die kinderlos waren. Die Vergangenheit, das war der Bauernhof, den diese Frauen alle zusammen bewirtschafteten. Hier gab es Wohnung, hier gab es zu essen, hier konnte man wachsen und werden. Victor war Sohn einer unabsehbaren Reihe von Müttern und Großmüttern. Er war ihr Liebling, das zarte Pflänzchen, das sie alle hegten und pflegten: »Iß doch, mein Schatz! Fehlt dir etwas? Mach dich nicht schmutzig! Du mußt tun, was Großmutter sagt!« Carl war hier als Schatten zugegen, den man beweinte, für den man allabendlich betete und dessen Wiederkehr unter die Lebenden man vorgeblich ersehnte. Für Charlotte war er das Schicksal, das sie vor ihren Schwestern auszeichnete, die nicht geheiratet worden waren. Ein Schicksal, schwer zu ertragen, wie Schicksal zu sein pflegt. Sie war schon immer etwas Besonderes gewesen. Sie hatte etwas Unbäuerliches, fast Elegantes. Sie hatte den Mann und das Kind, und ihre Schwestern nahmen ihr bereitwillig jede Arbeit ab, auch die Sorge für Victor.

Daß Victor sich unablässig und heftig nach seinem Vater sehnte, verheimlichte er vor ihnen wie etwas Verbotenes, dessen man sich eigentlich schämt. Um so leidenschaftlicher gab er sich seinen Tagträumen hin, in denen ein schöner fremder Mann, groß von Gestalt und mit milden männlichen Zügen von weither zu ihm kam, um ihn zu retten – wovor? Die Wunderbarkeit der Begleitumstände war ohne Grenzen. Er würde vormittags kommen. Victor wäre in der Schule. Man würde jedoch ohne Zweifel sofort nach ihm schicken. Die Polizei käme, um ihn zu holen. Er würde das Knattern ihrer Motorräder hören, die Bremsen, die Schritte im Schultreppenhaus. Dann würden sie – zwei oder drei – den Klassenraum stürmen. Er wüßte sogleich, was sie wollten. Ihn, ihn würden sie in der letzten Bank suchen. »Victor! Du mußt sofort nach Hause kommen, dein Vater ist da!« Glückwünsche und Freudestrahlen der Lehrer und Mitschüler. Alles ginge sehr schnell. Er würde sich auf eines der Motorräder schwingen und fest den Polizisten umklammern, mit dem er führe. Der Lärm der Motoren! Die Geschwindigkeit! Sein Vater stände im Hof und hätte ihn dort erwartet. Allein. Keine Spur von den Frauen. Sie kamen in diesem Traum nicht vor, hatten in ihm nichts zu suchen. Dies war ein heimliches Treffen, das niemanden etwas anging. Hier wurde ein Schwur getan. Zwei Männer klopften sich auf die Schultern, die sich verstanden und keine Geheimnisse voreinander hatten. »Ich habe auf dich gewartet.«

Als er dann wirklich kam, kam er bei Nacht. Victor verzieh es ihnen nie, daß sie ihn nicht geweckt hatten, daß sie ihn ahnungslos in das Messer des Morgens laufen ließen, an dem ein fremder Mann am Tisch saß. »Das ist dein Vater.« Er war unrasiert und sehr blaß. Er war klein und sah Victor mit einem unsicheren Lächeln an. Sie standen alle um ihn herum, die Großmütter, Mütter und Tanten, und sahen Victor ins Gesicht. Mutter schob ihn auf den fremden Mann zu, der griff nach seinen herunterhängenden Armen und zog ihn wie einen Dreijährigen auf den Schoß. Dann schickten sie ihn in die Schule.

Sie behandelten Carl, wie sie Victor immer behandelt hatten: als jemanden, der in erster Linie gefüttert werden mußte. Er war ja so dünn geworden! Dann, nach sechs Wochen – er hatte mehrere Kilo zugenommen –, tat er, was ihnen ein Leben lang Stoff gab, sich zu empören: Er verließ sie. Allein. Ohne Frau, ohne Kind.

In Wahrheit hatte er – Victor war Zeuge gewesen – Charlotte auf Knien angefleht, mit ihm zu gehen. Doch sie war eisern geblieben. Gebrauchte das Wort »Existenz«, das Victor nicht richtig verstand. Hier gab es eine. Carl mußte erst noch eine schaffen. Er regte sich auf, wurde laut, sagte, er sei lange genug gefangen gewesen und wolle jetzt frei sein, aber zusammen mit ihr, Charlotte, und seinem Sohn. Er fing an zu schreien. Sie bot ihm wegen der Schwestern im Haus einen Kompromiß an: Sie wollte mit Victor nachkommen, sobald die Verhältnisse es zuließen. Carl sprach von Vertretungen, die er übernehmen könne, von Aufstiegschancen, von Geld. Dann sah Victor etwas, was er zum erstenmal sah: Carl streckte seine Hand nach Charlotte aus, legte sie um ihren Hals und zog sie, den Hals, ihr Gesicht, ihre Schultern an seinen Mund. »Victor, geh spielen!« sagte Charlotte in ihrem nervösesten Tonfall. Und Carl achtete überhaupt nicht auf ihn. War er denn auch den Frauen im Haus untertan? Was konnte es sein, was er von Charlotte wollte, worum er sie so offensichtlich kniefällig zu bitten schien, er, Carl, ein Mann? Was für ein Unterton von Flehen und Schluchzen war in dem Gebrüll gewesen, mit dem er ihr seine Macht gezeigt hatte und seinen Anspruch? Victor strich erregt im Haus herum und versuchte, den Tanten und Großmüttern aus dem Weg zu gehen. »Victor, was machst du?«

Dann war Carl wieder ein Schatten, ein Vater für besondere Wochenenden, höchstens einmal im Monat. Es war ohne Zweifel die Art, wie Charlotte ihren Mann liebte: abwesend. Alles ging seinen Gang. Wo vorher das Mitleid mit Carl gewesen war, das durch das Wort »Gefangenschaft« gerechtfertigt wurde, dem sie jedoch unangefochten keinen anderen Inhalt zugestanden, als daß er nicht bei ihnen war, da war jetzt bei den Frauen Empörung und Argwohn. »Dein Vater«, früher mit dem unhörbaren Zusatz versehen: dein armer Vater, hieß jetzt: dein Vater, der Schuft, der undankbare. Victor fühlte sich schuldig. Er träumte den Wochenenden entgegen, an denen meist eine Absage kam, und merkte kaum, daß er wieder von einer hohen Gestalt träumte, milde und edel, die unversehens durch das Hoftor trat und ihn suchte.

Dann kam der Tag, an dem Charlotte mit ihm aufbrach. Es war der Tag, an dem alles anfing. Bisher war Victor im Mutterschoß gewesen, und er begehrte schon lange hinaus in das Leben. Die Großmütter weinten, die Tanten küßten ihn ab und stießen düstere Prophezeiungen aus. Charlotte trug Tapferkeit zur Schau. Sie hatte mal wieder ein Schicksal. Es mußte getragen werden. Carl hatte ein Haus gemietet und erwartete sie mit Victor. Die Zeit der Abwesenheit war vorbei.

Es wurde schrecklich.

Charlotte, vollständig davon in Anspruch genommen, den Haushalt zu führen, indem sie ein Dienstmädchen kommandierte, hatte für Victor keine Zeit. Es wurde jetzt offenbar, daß die Tanten sich um ihn gekümmert hatten. Für Charlotte war er ein Teil der ihr auferlegten Leiden, die zu schwer für sie waren. Allein schon seine Geburt schien all ihre Kräfte verbraucht zu haben. Er hatte Geheimnisvoll-Schreckliches gehört über die Schmerzen, unter denen sie ihn zur Welt gebracht hatte. Kein Wunder, daß ihre Schwestern, denen solche Prüfungen erspart geblieben waren, ihr den Rest der Bürde abgenommen hatten, die Victor hieß und sie ohne Bedenken zu Grunde gerichtet haben würde. Man war ihr immer zu Diensten gewesen. Ihre Untüchtigkeit enthielt ein merkwürdiges Element von Macht.

Es versagte bei Carl. Er besaß nicht den mindesten Sinn für ihre Delikatesse und war blind für die Signale des Charmes und der Hilflosigkeit, die sie versandte. Er glaubte allen Ernstes, es müsse ihr gut gehen, und nahm ihr tägliches Gejammer als Vorwurf auf, den er entrüstet von sich wies. Hatte er nicht alles getan, um ihre Wünsche zu erfüllen? Was erwartete sie denn von ihm? Wußte sie nicht, daß es nicht alle Frauen so gut hatten wie sie? Er war völlig taub für das Angebot, das ihr Seufzen und Stöhnen enthielt, für den leisen und bittenden Ton der Zärtlichkeit in ihren Klagen: Hier bin ich, so hilflos, und du, Carl, du darfst mich lieben.

Er brüllte sie an. Er knallte die Türen. Er warf sein Besteck auf den Tisch, daß es klirrte und braune Soße auf weiße Tischtücher spritzte. Victor versteckte sich im Keller und machte sich Vorwürfe, daß er geflohen war, ohne seiner Mutter zu helfen. Aber was sollte er tun? Er hörte, wie oben die Haustür zugeschlagen wurde. Carl war gegangen und würde so bald nicht wiederkommen. Das nächste, was er hörte, war Charlottes Weinen, das sich in Richtung auf das Schlafzimmer langsam entfernte. Ich muß dich zurückholen, Carl. Ich kann dir nicht helfen, Charlotte.

Väter verlassen das Haus und schlagen die Tür zu. Mütter gehen aus dem Haus und nehmen das Kind mit sich fort. Wir sitzen im Keller, Corinna, und können gar nichts verstehen. Wir hören die Schritte über uns und die lauten Stimmen. Was haben sie vor? Was wollen sie uns antun? Einer geht und kehrt nie mehr zurück und hat uns im Keller vergessen. Komm zu mir, mein Kind, du brauchst keine Angst mehr zu haben. Es geht vorbei, und dann schleichen wir uns hinauf. Es gibt Sonntagnachmittage, Corinna, da gehe ich mit dir in den Zoo. An meiner Hand wirst du sehr wichtige Dinge erfahren über Affen und Zebras und über das Leben. Ich kaufe dir neue Kleider, und wenn du groß bist, dann fahren wir nach Venedig. Eines Tages, bei einer Tasse Kakao, will ich dir ein Geheimnis verraten: Ich bin unschuldig. Ich kann nichts dafür. Ich saß die ganze Zeit im Keller, als deine Mutter fortging. Was sollte ich tun? Ich hörte ihre Schritte und wie sie die Koffer über den Boden schleifte. Ich hörte dein Weinen. Aber ich konnte nichts tun. Ich dachte, warum kommt Carl nicht zurück und bittet Charlotte ganz einfach um Verzeihung? Er kam nicht. Er blieb immer länger fort. Und dann verließ er sie ganz. Er hatte Ruth kennengelernt und ließ sich von Mutter scheiden.

Jagdtrophäen

Victor stand immer noch oben und schaute hinab in die Tiefe des Hauses, in dem Carl ein Kind war. Seine Architektur erschien ihm als Bild der Familiengeschichte: bombastisch und häßlich. Ein Monument der Selbstbehauptung, die große Geste am falschen Ort, der emphatische Anfang eines Romans. Er wurde, wie es ihm oft geschah, überwältigt von der Erinnerung an einen Satz, den sein Gedächtnis gespeichert hatte und freigab: »Tief ist der Brunnen der Vergangenheit.« Steig doch hinab, Victor, steig doch hinab. Und Victor versuchte, indem er die Treppe hinunterging, sich in Carl zu verwandeln.

Wildschweine wachsen aus den Wänden und Häupter von Hirschen, die mächtige Geweihe tragen. Aber Carl hat keine Angst. Er ist noch ein Kind, doch er ist bereits viel zu sehr Jäger, um das erlegte Wild zu fürchten, dessen Haupt abgetrennt und auf eine Platte genagelt ist. Er verachtet die Kinder, die sich davor fürchten, wenn sie ins Haus kommen, und längst ist die Zeit vorbei, als er manchmal auf der Treppe saß, hoch über sich die weit aufgerissenen Rüssel der Keiler, die toten Augen der Hirsche, und glaubte, irgendwo jenseits der sichtbaren Wand müsse es weitergehen mit ihnen. Da habe man ihre verborgenen Körper eingemauert, um sie daran zu hindern zu leben, und irgendwann einmal käme der Tag, wo er hinter die Wand sehen würde. Längst durchschaut er den Trick mit den abgetrennten Häuptern und nimmt sich vor, wie Papa ein guter Jäger zu werden. Er bettelt darum, daß sein Vater den Jagdschrank für ihn öffnet. Er möchte die Gewehre sehen, sie anfassen, sie halten. Man hat ihm ein Luftgewehr versprochen – »wenn du größer bist«. »Wann, Papa, wann?«

Mit zwölf erlegt er die erste Amsel. Dann Krähen, eine Elster und mehrere Tauben. Sie fallen aus dem Himmel. Er stößt einen Schrei aus und rennt zu der Stelle, wo sie heruntergekommen sind. Er hebt sie, die noch etwas zukken, an ihren Füßen hoch und betrachtet sie lange, während flaumweiche Federn aus der Luft niederschweben und ihm auf Haar und Schultern schneien. Sie kommen viel später an.

Er führt von Anfang an Buch über seine Beute. Er setzt mit der Liste der Vögel, die er vom Himmel geholt hat, das Jagdtagebuch seines Vaters fort, der zu dieser Zeit schon tot ist. Die erste Amsel folgt unter Auslassung von nur einer Seite auf den letzten Rehbock, den Johann Heinrich erlegt hat. Carl ist von heiligem Ernst erfüllt bei dieser Handlung. Er fühlt, daß sie ihn zum Mann macht. Der Schuß, den er getan und der sein Ziel nicht verfehlt hat, berechtigt ihn dazu. Und er setzt die Anfangsbuchstaben seines Namens hinter die Eintragung, wie Johann Heinrich es getan hat. Er, nicht sein älterer Bruder, wird dieses Buch der zielsicheren Schüsse und Beutetiere fortsetzen. Damit war vieles entschieden.

Am liebsten hätte er sie alle ausgestopft und an die Wände gehängt, die Vögel, die er erlegte, die Karnickel und Hasen, die ihnen folgten und Vorläufer all der Rehböcke waren, der Hirsche, Wildschweine und Füchse. Die Wohnungen, die er im Laufe seines Lebens bewohnte, starrten von Geweihen und Gehörnen. Sie waren für ihn immer irgendwie Abbild dieses Hauses, auch wenn sie ihm noch so unähnlich waren.

Als er Anfang der sechziger Jahre für sich und Ruth ein Haus baute, ein Eigenheim zwischen Rasen und Rosen, bescheiden und klein, da konnte er der Versuchung nicht widerstehen: Er hängte Geweihe über der Treppe auf, die ohnehin schmal war und nun beinahe unpassierbar. Die spitzen Enden befanden sich etwa in Augenhöhe und ragten bis zur Mitte der Stufen, so daß der ungeübte Benutzer sich nur mit Mühe an ihnen vorbeiwinden konnte und von der Angst verfolgt wurde, hier einen falschen Schritt zu tun. Ruth wurde nie damit fertig.

Sie träumte in ihren Alpträumen, daß sie selbst an der Wand hinge, ein entkörperter Kopf, der aus schwarzgläsernen Hirschaugen in den Raum starrt. Trophäe unter Trophäen. Nicht einmal ein Geweih hat sie vorzuweisen. Eine Messingtafel an ihrer Stirn gibt an, wann und wo sie erlegt wurde.

Ruth war daran gewöhnt, eine klare Grenze zwischen sich und ihren Alpträumen zu ziehen. Sie versuchte es zu ertragen, daß überall in ihrem Haus die Zeichen besiegter Wehrhaftigkeit aus den Wänden wuchsen. Sie nahm es hin wie Carls Wutausbrüche, seine Unordentlichkeit, seine Unpünktlichkeit. Aber sie wehrte sich konsequent gegen Präpariertes und Ausgestopftes. Kein Keilerkopf an der Wand, kein Marder und Iltis im Bücherregal. Das Äußerste, was sie ertrug, war ein Kolkrabe auf Carls Schreibtisch. Jahrelang widerstand sie dem Wunsch, ihn einfach in den Mülleimer zu werfen. Ein Ekel beherrschte sie, der für den unschuldigen Staubfänger viel zu heftig war und sich vollends entlud, als Carl eines Tages mit einem frisch präparierten Keilerkopf ankam, den er in der Diele anbringen wollte, direkt gegenüber der Eingangstür und arglos eintretenden Besuchern. Ruth geriet außer sich. Der Versuch, ihrerseits einen Wutanfall zu haben, der seinen Zweck erfüllen und Carl einschüchtern sollte, mißlang wie immer und glitt sofort ins Hysterische ab: Weinerliche Maßlosigkeiten, die sie mit sich überschlagender Stimme ausstieß – das unwiderleglich dröhnende Mannesorgan von Carl gab ihnen nicht die geringste Chance. »Nicht in meinem Haus!« kreischte sie und hatte sich lächerlich gemacht, bevor die Worte noch ganz hinaus waren. Wem gehörte das Haus?

Sie wußte, daß keine Aussicht bestand, Carl zu einem Rückzug zu bewegen, weil das nicht im Bereich des Möglichen lag. Wer wußte das besser als Ruth? Daß er seinen Keiler genommen und wieder weggebracht hätte? Niemals. So einfach ist es zu herrschen. Niemals darf Carl tun, was Ruth will. Niemals. Aber es ist auch entbehrungsreich. Ein hartes Gesetz. Wie gern wäre Carl ihr manchmal zu Willen gewesen! Was weiß Ruth davon? Was weiß der Beherrschte von den Leiden des Herrschers?

Das einzige, was Ruth erreichen kann, und das auch nur in den seltensten Fällen, ist ein Kompromiß. Das heißt: Carl setzt seinen Willen auf eine Art durch, die es Ruth leichter macht, zu vergessen, daß sie besiegt ist. Der Keiler wurde an der äußeren Hauswand über der Terrasse angebracht. Unter dem Sonnendach, das die Terrasse zur Hälfte überdeckte, blickte er über Ruths Kopf hinweg in den Garten. Sie nahm sich fest vor, so zu tun, als ob er nicht da wäre. Sie schaute einfach nicht hin.

Bis zu dem Sommer, in dem die Wespen überhandnahmen. Sie zwangen Ruth immer wieder zur Flucht ins Haus. Sie räumte das Essen vom Gartentisch, klappte den Liegestuhl zu und sah über sich den offenen Rüssel des Keilers und Wespen aus- und einfliegen zwischen den Hauern.

Mit wenig Hoffnung wies sie Carl darauf hin: »Ein Wespennest ist im Keiler!« Carl leugnete, hielt es auch kaum für der Mühe wert, hinzuschauen, während das Wildschwein Schwärme von Wespen ausspie und wieder aufnahm. Der Augenschein hatte ihn noch nie überzeugt. Vor allem nicht dann, wenn Ruth darauf hinwies. Die Wespen störten ihn gar nicht. Ruth stellte sich viel zu sehr an.

Der Keiler blieb, wo er war. Der Spätsommer fand im Haus statt. Bis im September verschiedene Besucher sagten: »Das ist ja schrecklich! Bei euch muß ein Wespennest sein!« Da antwortete er leichthin: »Ja, im Keiler«, und eines Tages, Ruth hatte gar nichts bemerkt, war der Keiler verschwunden und mit ihm die Wespen, und sie hütete sich, noch einmal davon zu sprechen.

Die Zeit war lange vorbei, als Ruth sich noch der Illusion hingegeben hatte, sie könne Carl verlassen. Sie hatte es einmal versucht. Sie war eine Woche lang weggewesen. Dann hatte Carl sie gefunden und wieder zurückgeholt.

Wie er gelitten hatte! Victor war Zeuge gewesen. Ruth hatte auch ihn allein gelassen, allein mit dem tödlich getroffenen Carl. Victor hörte ihn weinen. Er war sechzehn damals und wünschte, er hätte es nie gehört. Er wollte Carl hassen. Er wollte den übermächtigen Gegner in ihm sehen, den er trotz allem in einem verzweifelten Zweikampf besiegte, damit er ein Mann werden konnte. Er sehnte sich nach dem Unfrieden mit Carl. Er haßte ihn längst genug, um den Kampf zu beginnen – da mußte er dieses Weinen hören. Carl weinte, wie Männer weinen, die seit ihrer Kindheit nicht mehr geweint haben, elend und ungeübt, geschüttelt vom Dämon einer totalen Niederlage, der dabei feixt und sich die Hände reibt: Soweit ist es mit dir gekommen! Carl weinte auch über sich selbst, weil er weinte. Und Victor mußte es mit ansehen. Unerträglich!

Er fand seinen Haß erst wieder, als Carl mit Ruth zurückkam. Er hatte sie in Berlin bei ihrer Kusine entdeckt. Arme Ruth! Ihr Vorsprung war nicht ausreichend gewesen. Mit sicherem Jagdinstinkt hatte Carl sie sofort dort aufgespürt, wo sie wirklich war. Sie hatte viele Kusinen. Carl hatte sie gleich bei der ersten gesucht und gefunden.

Sie betraten das Haus Arm in Arm. Die kleinen Mädchen waren zunächst in Berlin geblieben. Sie sollten später abgeholt werden. Ihre Eltern – Victor durchschaute das mit unendlichem Abscheu – wollten jetzt ungestört sein. Victor war da, doch er zählte nicht sehr. Sie gaben sich in seiner Gegenwart ungeniert ihrer Versöhnung hin und sprachen in einem Ton miteinander, der von lauernder Sanftheit war. Was ist geschehen, Ruth? Was hat er mit dir gemacht? Ich wußte ja, daß du zurückkommst. Aber ich dachte, daß alles beim alten bliebe. Was ist mit dir los?

Sie war stiller geworden. Es gab für lange Zeit keinen Streit mehr. Carl legte eine gewisse Behutsamkeit an den Tag, wenn er mit ihr umging. Er stellte ihr Fragen und ließ die Bereitschaft erkennen, sie zu Wort kommen zu lassen. Aber sie hatte gar nichts zu sagen. Sie lächelte dafür öfter und kochte so gut, daß Carl immer wieder in

Lobeshymnen ausbrach. Ihm ging beim Essen das Herz auf.

Nach einiger Zeit erst – die kleinen Mädchen waren längst wieder da – fiel Victor auf, daß ihr Gesang verstummt war. Er hatte zu ihr gehört wie das Geräusch ihrer Schritte auf der Treppe, der Lärm aus der Küche und das Geschrei ihrer Töchter. Sie hatte Choräle gesungen oder lyrische, sentimentale Bruchstücke aus Arien und Liedern, unendlich oft wiederholt. Jetzt hörte man nur noch die Schritte und die Geräusche, die aus der Küche drangen, ihr sanftes Schimpfen, wenn sich Renate und Beate zankten, das schrille Schreien der Kinder. Victor ahnte es, schlimmer, er wußte, warum sie zurückgekehrt war.

Carl schien zufrieden in dieser Zeit. Ein Mann um die Fünfzig, der das Erreichte genießt: ein Heim, eine junge Frau und Kinder. Dies alles durch ihn am Leben erhalten, von ihm ernährt. Er liebte es, sich selbst in der Sonne dieses Gedankens zu sehen: Was würden sie ohne ihn tun? Wie unermüdlich er tätig war. Alles für sie: seine Arbeit, sein Geld.

Sein Geld? Oh, rede nicht von Geld, Carl. Bitte nicht! Es gibt Streit! Ja, es gehört dir. Ja, du sollst es behalten dürfen. Nein, niemand nimmt es dir weg. Sei ruhig, Ruth hat ja eigenes Geld. Sie hat eine Erbschaft gemacht. Sie kleidet die Kinder, sie bewirtet die Gäste, sie kauft eine Waschmaschine. Du hast kein Geld dabei, Carl? Ruth zahlt die Rechnung im Restaurant, und sie finanziert eure Reisen. Sie läßt dich die Nebenkosten bezahlen, damit dein Gewissen ruhig bleibt, und nimmt im Interesse deiner Selbstachtung ein geringes Haushaltsgeld an. Carl, der Ernährer! Wir wollen nicht darüber sprechen!

Aber er wollte. Er mußte es von Zeit zu Zeit. Es gab so viel richtigzustellen. Das schreckliche Dilemma, in dem er steckte: Er war doch so tüchtig gewesen. Acht Jahre Gefangenschaft und dann mit Nichts angefangen. Das ganze Vermögen seiner Familie war hin. Doch in seinen Adern rollte uraltes Geldverdiener- und Unternehmerblut. In seinen Augen galt nur, von wem man sagen konnte, daß er es geschafft habe. Er hatte es geschafft. Das konnte keine Frage sein. Was denn, Carl, was? Worum handelt es sich? Ein Eigenheim? Ach was, ein Eigenheim. Um Geld? Ja, auch um Geld. Was noch? Um Ansehen? Um Erfolg? Um dieses lächerliche kleine Lager mit Schreibmaschinen und Büromaterial, das du verkauftest? Dies häßliche Gebäude von der Art einer größeren Garage, die du Halle nanntest und wo du zwei, drei Angestellte kommandiertest? Geht es um die Bezirksvertretung, die du nie bekamst?

Wer hätte je gewagt, ihn so etwas zu fragen? Ihn, der Carl mit »C« hieß, nicht mit »K« wie andere, die Karl heißen mögen. Mit diesem »C« war er geboren worden. Es war die Gabe, mit der ein gütiges und, wie konnte es anders sein, herausragendes Geschick ihn schon in der Wiege bedachte. Die gute Fee des Reichtums und zukünftiger Macht, die als erste herantrat und den Knaben beschenkte. Die Idee war von Johann Heinrich gewesen. Er hatte ein Leben lang das »J« genossen, mit dem sein Name begann. Ein köstliches Geschäft war es, Unterschriften zu leisten, wenn man Johann Heinrich hieß. Zärtlich verharrte er bei der Muschel des Anfangs und genoß dann den jähen Absturz, dem ein halbhoher Aufschwung folgte. Ein Fest war das »J« seiner Unterschriften. Und unterschreiben mußte er oft. Das würde auch dieser Sohn einst tun. Daran bestand gar kein Zweifel. Mochte er immer sein zweitgeborener Sohn sein – im Reich von Johann Heinrich war mehr als ein Schreibtisch für den zukünftigen Boß frei, gewaltige Ungetüme aus Eiche in düsteren hohen Räumen, wo mit Genuß unterschrieben und Macht ausgeübt werden konnte. Ein »C« müßte wunderbar sein. Der magische Punkt des Anfangs, an dem die Feder vibrierend verharrt, sich auflädt mit einer Spannung, die in dem gewaltigen Schwung frei wird, der über alles hinwegfegt, Bedenken, Einwände, Zaudern, und keinen Zweifel mehr zuläßt: Ich will es so, Carl.

Das C war zeitweise sein einziger Schild gewesen gegen die Armut und, was noch schlimmer ist, das Verhängnis, unbedeutend zu sein. Carl war reich von Natur aus. Es half ihm nichts. O mein Gott, er mußte etwas erwerben! Er mußte Verwendung finden für sein »C«. Er mußte erreichen, daß es wieder etwas umschloß. Die Macht der guten Fee war gebrochen. Da stand er, der Reiche und Mächtige, entblößt von Reichtum und Macht, und sollte sein »C« wieder aufrichten. Mitten ins Nichts sollte er seinen stolzen Bogen setzen, wo alles vom Einsturz bedroht war.

Seine Angst vor Verlust war entsetzlich. »Ich habe doch nichts«, schrie er Ruth entgegen, die ihn überreden wollte, ein neues Auto zu kaufen, und pries schon im nächsten Satz seine Verdienste beim Aufbau seines Geschäfts. »Die Unkosten! Die Investitionen!« schrie er. Er konnte unmöglich ruhig bleiben, wenn es um Geld ging. Vor allem Ruth war dann seine Todfeindin, denn wer hatte es mehr auf sein Geld abgesehen als sie! Sie beschwichtigte ihn, lenkte ein, nahm zurück, versuchte ein anderes Thema – umsonst. Er erregte sich immer mehr. Er rang mit sich selber und mit dem tückischen Widerspruch, der sein Leben beherrschte. Wie konnte er, Carl, zu der Klasse der Habenichtse gehören, mit denen er schon von Geburt an nichts gemeinsam hatte? Und doch konnte ihn nichts vor Verlust schützen, als nichts zu besitzen. Er, dessen ganzes Streben darauf gerichtet war, zu erwerben und das Erworbene vorzuweisen, auf daß man ihn richtig erkenne – er mußte das Wenige, das er besaß, auch noch heimlich besitzen. Er mußte, was er am meisten liebte, sein Geld, verleugnen, durfte sich niemals dazu bekennen, und keiner sah, was er litt. Er war wie der Mann, dessen Ehe kinderlos bleibt und der wehrlos die abgefeimtesten Anspielungen erträgt, während niemand den prächtigen Bastard kennt, den er gezeugt hat.

Warum wollte Ruth ihn nicht verstehen? Es war doch so einfach: Er hatte und hatte nicht. Er hatte und durfte nicht haben. Er mußte haben und konnte doch nie besitzen, ohne den Mangel zu fühlen, Mangel an allem, was er nicht hatte, was verloren war oder, schlimmer noch, wieder verloren gehen könnte. Er würde es nicht ertragen.

Später fand er einen Ausweg aus seinem Dilemma: Er sparte – wie gern benutzte er dieses Wort – für seine Erben. Oh, niemals hatte er dabei an sich gedacht, er dachte nur an Ruth und die Kinder. Wie konnten sie an der Großzügigkeit des Lebenden zweifeln, der sie als Toter noch beschenken wollte? Sie waren doch nichts ohne ihn und würden ihn überleben! Wie sollte er da nicht von Sorge um sie beherrscht sein! Er diente der Arterhaltung. Das mußten doch die verstehen, um deren Erhaltung es ihm ging, seine Familie. Es war eine Art ökonomischer Darwinismus, dem er mit Überzeugung anhing: Nur der verdient mit seiner Sippe zu überleben, der das Erworbene festhält und weitervererbt an die, die danach trachten müssen, es zu vermehren.

Was hat man dir angetan, Carl, du Reichgeborener, für den nichts übriggeblieben war vom Reichtum? Wie konnte er dich so früh verlassen, Johann Heinrich, dein Vater? Wie alt warst du, als er starb? Neun oder zehn. Und dies Haus, so prächtig, so fest gegründet, war plötzlich vom Einsturz bedroht. Eine Million Goldmark. Soviel war das Leben von Johann Heinrich wert. Schulden sind tödlich. Das Haus war auf Sand gebaut. Es mußte verlassen werden.

Ja, es ging auch um das ewige Leben. Geld war kein irdisches Gut. Nicht für Carl. Er sparte, um einmal den Preis für seine Unsterblichkeit bezahlen zu können. Und die Verzweiflung, die ihn zuweilen beherrschte und die niemand teilte und niemand verstand, sie gründete darin, zu wissen, wie hoch er sein würde, wie unerschwinglich.

»Du hast doch genug«, sagte Ruth und glaubte ihn zu beruhigen. »Es reicht doch. Und wenn du hundert Jahre alt würdest, es bliebe noch etwas übrig.«

Sie hatte ihn nie verstanden.

Er machte sich an sein letztes, sein schwerstes Werk, sein Testament. Es forderte all seine Kräfte, bis sie erschöpft waren. Es überstieg sie. Eine Neufassung löste die andere ab und wurde dann wieder durch eine neue Neufassung außer Kraft gesetzt und so weiter. Wie sollte er seine Erben davon überzeugen, daß dieser begrenzte, rasch aufzählbare Besitz: ein paar Grundstücke, ein paar Wertpapiere – daß es in Wahrheit sein Beitrag zur Unendlichkeit war, sein Alles, sein Leben! Er gab die jeweils verworfene Fassung Victor zu lesen. Er drängte sie ihm auf. Er zwang ihn dazu. Er wollte angeblich hören, was Victor dazu meinte, dem alles sehr peinlich war und der ihm versicherte, daß es so recht sei. Er hatte ein paarmal versucht, darauf hinzuweisen, daß Ruth, die Carl doch so wort- und gestenreich liebte, in seinen Vermächtnissen merkwürdig wenig und nicht mehr als unbedingt nötig bedacht wurde. Doch er begriff, daß Carl ihrem Überleben wenig Wert beimaß und davon ausging, daß sie, fast zwanzig Jahre jünger als er, dazu bestimmt sei, ihm bald ins Grab zu folgen. Er war, ohne es zu wissen, ein Anhänger der Witwenverbrennung. Das Recht, Hinterbliebene zu sein, hatten allenfalls seine Kinder.

Mit Unbehagen sah Victor der Entwicklung zu, die Carls verschiedene Testamente belegten. Sie nahmen zunehmend den Charakter von Lebensbeichten an. Sie zeugten von Carls Überzeugungen, seinen Gefühlen. Sie wurden hymnisch im Ton und sentimental im Inhalt. Es waren Bekenntnisse, Rechtfertigungsversuche, deren Umfang von Mal zu Mal zunahm. Victor bemühte sich, einzelne Sätze daraus sofort zu vergessen, und es blieb nichts als der Eindruck der Peinlichkeit bei ihm zurück. Zum Glück erwartete Carl keine langen Kommentare, wenn Victor ihm die handbeschriebenen Blätter zurückgab. Er war in Gedanken schon mit der nächsten Fassung beschäftigt.

Die Hoffnung beseelte ihn, einmal die letzte, endgültige Fassung zu finden, sein wahres Vermächtnis, das ihn überdauern und alle Dinge an ihren richtigen Platz stellen würde. Ein Bollwerk gegen Verfall und Chaos. Er würde es schreiben, zum Notar bringen und beim Gericht hinterlegen. Dann würde sein Lebensabend beginnen. Der zufriedene Greis, als den er sich immer – und immer in weiter Ferne – gesehen hatte, er würde kommen und seinen Platz einnehmen. Er ginge mit den Enkeln spazieren, von ihnen geliebt und geachtet, und hin und wieder entschlüpften ihm Weisheiten über das Leben, die niemand, auch nach seinem Tod nicht, vergessen würde.

Doch vorher mußte er dieses Werk noch vollbringen. Es brachte ihn um. Es peinigte ihn mit Schlaflosigkeit und erhöhtem Blutdruck. Er litt unter qualvollem Ohrensausen, das ihn wochenlang umtrieb. Ein mächtiger Chor von Stimmen in seinem Kopf, die alles überdröhnten, auch seine eigene klägliche Stimme, die nicht mehr dagegen durchdringen konnte: »Ihr könnt euch das nicht vorstellen, es ist schrecklich.« Sie sahen ihn verständnislos an. »Es tut doch nicht weh?« – O Gott, es war schlimmer als alle Schmerzen. Es steigerte sich bei Nacht, und im Morgengrauen lag er bewegungsunfähig und preisgegeben unter der dröhnenden Glocke, deren Schwingungen sich erbarmungslos seinem Gehirn mitteilten, während Ruth neben ihm einfach schlief.

Am besten war es, wenn er kurz nach Mitternacht aufstand, hinunterging und den Höhepunkt seiner Heimsuchungen am Schreibtisch sitzend erwartete. Wie sie ihn ausschlossen! Wie sie ihn hinausstießen! Aus ihren Gesprächen, aus ihrer Gemeinschaft, aus ihren Betten. Als ob nicht auch er gerne warm und geborgen gewesen wäre, einer der Ihren! Statt dessen lieferten sie ihn diesen Stimmen aus und der Einsamkeit und der Kälte der Nacht. Und während er spürte, daß der Orkan in seinem Kopf wieder anschwoll, und während er voller Angst sein

Herz klopfen fühlte, träge und dumpf und unfähig, seinen Gang zu beschleunigen, und ihm bewußt war, daß es keine Möglichkeit gab zu entrinnen, denn das alles war er, war er selber, versuchte er, Sätze auf das Papier zu bringen, die er bei Tageslicht wieder verwarf. Sie begannen: »Ich habe mich immer bemüht ...« oder: »Mein Leben lang ist es mir eine Verpflichtung gewesen ...«, und es kam viel von Werten und Tradition und Familie und Arbeit in ihnen vor. Sie konnten alle nicht gegen den Lärm in seinem Schädel ankommen und schienen im Morgengrauen auf dem Papier zu verblassen, wenn er sich unendlich abgekämpft und immer noch unter dem Ansturm des Blutes in seinem Gehirn ins Bett schleppte, während Ruth gerade aufstand. Er schlief auch jetzt nicht, aber er lag ein paar Stunden erschöpft, und das Dröhnen schwächte sich ab zu einer Art Sausen, das ihn aus einer um weniges weiteren Ferne erreichte, immer noch viel zu nah, um zu entkommen.

Dies war nun die Ernte von allem, was er gesät hatte. Es war die Liste von allem, worauf sein Tun jemals abgezielt hatte und was nun sein war. So sein wie die Hand, die es schrieb.

Es war ihm, als wenn er sie abhacken sollte. Oder mit ihr sich selber den Tod geben. Seine eigene Hand! Sie führte den Streich gegen ihn, indem sie das Blatt vollschrieb, das sein Vermächtnis sein sollte. Ein Dokument seines Besitzes, das ihn gleichzeitig ewig trennen sollte von allem, was er besaß. Und während seine Rechte noch schrieb, zuckte es bereits in der Linken, die nach dem Blatt greifen wollte und es zerdrücken und in den Papierkorb werfen. Sie blieb immer Sieger und kümmerte sich nicht darum, wie lange sein altes Herz dieser Qual gewachsen sein würde, die für einen Toten erdacht war, der seinen Stein unendlich wälzen mochte, weil er als Toter unsterblich war. Aber Carls Adern waren so prall gefüllt von seinem Blut, daß sie in jedem Augenblick platzen konnten, und während der Strom unaufhörlich durch sein Labyrinth gepreßt wurde, nahm er zu an Gewalt mit jedem verzweifelten Herzschlag und führte das Blutgerinnsel mit sich fort, das mal hier, mal dort hängenblieb, sich zögernd löste und weiter seinen Weg nahm, sich langsam vergrößerte, fester zusammenballte und schließlich einen Engpaß verursachte, eine Stelle, wo immer weniger Durchlaß für immer mehr Blut war und immer mehr Teilchen angeschwemmt wurden, für die kein Durchkommen war.

Eines Nachts rutschte ihm der Füllfederhalter weg. Er sackte vornüber und versuchte sich aufzurichten, indem er sich auf die Spitze der Feder stützte. Es gab einen Knacks, sie brach ab und verspritzte ihr Blut. Der Schreibtisch, Carls Morgenmantel, sogar sein Gesicht waren besudelt. Und unter der Übermacht des Orkans, den nur er und sonst niemand vernehmen konnte, brach er endgültig zusammen und blieb vornüber gekrümmt mit dem Kopf auf dem Schreibtisch liegen, wo Ruth ihn am Morgen fand.

Das Blatt, von dem sie ihn aufhob, war zur Hälfte beschrieben. Aber es war keine Schrift mehr, was es enthielt. Unleserliches Gekritzel, das in eine dünn gezackte Linie auslief, die alles durchstrich und an ihrem Ende in einer Unzahl von Klecksen explodiert war.

Möglicherweise litt er danach nicht mehr. Er hatte sich Ruth aufgebürdet. Sie holte ihn zwei Monate später aus der Klinik nach Hause, wo er das letzte Jahr seines irdischen Lebens in unangreifbarer Abwesenheit verbrachte. Er wachte nur jeweils für kurze Zeit aus seinem tiefen, kindlichen Schlaf auf. Dann ließ er sich schlaff und widerstandslos von Ruth waschen und anziehen und setzte sich an den Tisch, den sie in seinem Schlafzimmer für ihn deckte. Seine Bewegungen waren fahrig und unsicher geworden, er tastete sich an den Möbeln und Wänden entlang, war dankbar, wenn Ruth ihn stützte, und wenn er das Eßbesteck zum Mund führte, zitterte seine Hand so sehr, daß Ruth sich daran gewöhnte, ihn zu füttern. Die Teilnahmslosigkeit, die er seiner Umgebung bezeigte, stand in auffälligem Gegensatz zu seinem Interesse am Essen, das er sehr langsam und genießerisch zermalmte, bis die breiige Masse aus seinen Mundwinkeln quoll, so daß ihm Ruth wie einem Kleinkind mit dem Löffel am Mund entlang fuhr.

Beim Essen wurde er manchmal noch gesprächig. Doch seine Sätze brachen meist irgendwo ab. Sie gingen in Brei und Gesabber unter. Dann wandte er seine Aufmerksamkeit wieder ganz dem zu, was auf seinem Teller war, und kaum hatte er den letzten Bissen gegessen, nickte er auch schon wieder ein. Ruth mußte ihn wecken, um ihn zu dem Sessel zu führen, in dem er die meisten Stunden des Tages im Halbschlaf verbrachte.

Es war eine Formsache. Ruth hätte ihn genauso gut im Bett lassen können. Aber aus irgendeinem Grund, über den sie sich keine Rechenschaft ablegte, lag ihr daran, daß er im Sessel saß. Und es lag ihr daran, daß er angezogen war. Richtig mit Hemd und Hose bekleidet und einer Strickjacke, die immer die Spuren seiner Mahlzeiten aufwies. Sie kämpfte verzweifelt dagegen. Manchmal geschah es, daß er ganz unvermutet einen klaren und deutlichen Satz an sie richtete: »Gib mir meine goldene Uhr!« oder: »Was war das vorhin für ein Krach in der Küche?« Dann durchfuhr sie ein heilloser Schrecken. Sie brauchte Sekunden, um sich zu fassen und antworten zu können. Ja, manchmal kniete sie vor ihm nieder in solchen Momenten und sah ihm forschend in sein Gesicht. Kam er am Ende zurück? Aber dann sah sie, daß ihn der Schlaf wieder übermannt hatte, noch bevor sie ihm antworten konnte, und streichelte sehr behutsam sein weißes Haar.

Ruth blühte in dieser Zeit auf. Sie war Anfang Fünfzig, und die Würde der Aufgabe, die ihr gestellt war, sowie die Machtbefugnis, die ihr daraus erwuchs, verliehen ihrer Erscheinung ein Strahlen, das alterslos und überwältigend war. Alles Gequälte und Graue war von ihr gewichen. Sie war das Haupt der Familie. Sie herrschte über das Haus und über Carls Bankkonten. Sie empfing die Besucher mit einer Liebenswürdigkeit, die alle in Erstaunen versetzte und die den Glanz erhöhte, der sie umgab. Wie tapfer Ruth war, wie unermüdlich! Mit welcher Haltung sie alles trug! Immer wieder unterbrach sie sich bei einem Gespräch, einer Tätigkeit, um die Treppe hinaufzueilen und nach Carl zu sehen. Er schlief, ihr Löwe. Er schlief, er schlief, er schlief. Sie hatte sich angewöhnt, in seiner Nähe auf Zehenspitzen zu gehen.

Zwei Monate vor seinem Ende wurde er unruhig. Er schlief nur noch bei Tag. In der Nacht ergriff ein entsetzliches Leben von ihm Besitz, dem niemand gewachsen war. Es kündigte sich kurz vor Mitternacht an mit sich steigerndem Stöhnen und trieb ihn dazu, sich im Bett zu wälzen. Dann wollte er aufstehen.

Zu dieser Zeit war er schon so geschwächt, daß er keinen Schritt mehr allein tun konnte und außerhalb seines Bettes einfach zu Boden sackte, wenn Ruth ihn nicht stützte. Sie schleppte und zog mehrmals täglich seine kraftlosen Massen von der Bettkante hoch ins Bad und wieder zurück, und obwohl sie selber nicht wußte, woher sie die Kraft dazu nahm – er war immer noch gut genährt und wog fast zwei Zentner –, beklagte sie sich nicht und versuchte zu glauben, das könne immer so weitergehen. Aber ihr Schlaf war ihr heilig. Sie hatte ihn während all der Jahre als etwas ihr ganz und gar Eigenes verteidigt und konnte über nichts ungehaltener werden als über Störungen in der Nacht. Selbst als Renate und Beate klein waren, hatte sie sich über ihr nächtliches Babygeschrei einfach empört und nicht glauben wollen, daß die Natur es etwa so widernatürlich eingerichtet habe, daß Kinder ihre Mütter beim Schlafen stören. Ihr Schlaf war schwer. Sie tauchte in Tiefen hinab, in denen es nicht überall gut sein ist, und wachte oft morgens mit Kopfschmerzen auf wie nach einer übergroßen, erbarmungslosen Anstrengung, obwohl sie immer vorgab, gut geschlafen zu haben. Schlaflosigkeit kannte sie nicht und hielt sie, wenn sie davon hörte, für etwas Eingebildetes, dem man mit etwas Vernunft beikommen könne.

Nun war sie, zusätzlich zu den Strapazen ihres Tiefschlafs, den Attacken von Carls längst totgeglaubtem Leben ausgesetzt, das Nacht für Nacht mit der Hartnäckigkeit einer Geistererscheinung über ihn kam und in manchem dem glich, was Ruth in ihren bleischweren Träumen begegnete: ein furchtbarer Feind, dem nicht zu entkommen und den niederzuringen unmöglich ist. Sie wurde gewaltsam geweckt und sah ihn auf der Bettkante sitzen, ein kraftloser, formloser Koloß von entsetzlicher Gegenwärtigkeit, der stöhnte und wimmerte und von ihr gestützt und getragen zu werden verlangte. Sie kniete vor ihm nieder, bot ihm ihre Schulter als Stütze und legte ihre Arme um seine fleischige Mitte. Dann richtete sie sich mit äußerster Anstrengung auf und trug ihre Last.

Er gab keine Ruhe. Kaum hatte seine Dienerin sich wieder hingelegt und schickte sich an, dem anderen Gebieter zu folgen, der nach ihr rief, ihrem Schlaf, da begann er sich wieder zu wälzen. Er stieß ihren Namen aus, wimmerte, flehte, versuchte sich aufzurichten, drohte ihr, drohte, allein vor dem Bett zusammenzubrechen und als ihr Opfer, das Opfer ihrer Hartherzigkeit, dort liegenzubleiben und sich so schwer zu machen, daß sie ihn nie mehr hochbekommen würde, und noch im Fallen rief er sie, rief sie bei all den Namen, die sie für ihn trug, seine Mutter, sein kleines Lamm, seine Schwester – da kniete sie schon vor seinem Bett und bot ihm die Schulter.

»Du mußt jetzt liegenbleiben!« schrie Ruth ihn nach Stunden an. »Ich kann dich nicht mehr tragen. Ich kann nicht mehr!« Und sie packte die Beine, die schon wieder zum Bett hinausstrebten, und schob sie unter die Decke und packte die Schultern, die sich schon wieder aufrichten wollten, und stieß sie mit aller Kraft in die Kissen zurück.

Sie hatte es geahnt! Gespenster sind so verwundbar: »Ach, was tut ihr mir unrecht«, seufzte der Dämon von Carls Leben aus seiner Brust, und er meinte sie alle: Mütter, Schwestern, Geliebte. Es klang zutiefst beleidigt und mutlos. Man liebte ihn nicht mehr.

Nach einer Woche mit solchen Nächten war Ruth am

Ende. Sie hatte ihr Leben lang einem Herrn in der Nacht und einem am Tage gedient. Wenn beide ihre Gewalt über sie vereinigten, war sie machtlos. Sie engagierte eine Nachtschwester, nahm zwei Schlaftabletten und zog sich ins Gästezimmer zurück, wo sie tief und, wie sie am Morgen glaubte, traumlos schlief. Die Frau an Carls Bett, die dafür bezahlt wurde, hatte Seltsames erlebt und scheute sich nicht, es Ruth zu erzählen. Sie war von kräftigen Armen umschlungen worden, als sie Carl nach einem seiner unzähligen Ausflüge ins Bad wieder in seine Kissen betten wollte, und jemand hatte gebieterisch von ihr verlangt, gebieterisch wie ein Mann, der seiner Sache ganz sicher ist und darum auch sicher sein kann und seine Stimme nicht einmal mehr heben muß, sondern flüstert, ganz nah am Ohr flüstert: »Küß mich, Ruth!« Und sie, eine altgediente Krankenschwester, die wußte, was not tat, und vor gar nichts zurückschreckte, hatte es ganz einfach getan, worauf Carl den Rest der Nacht in friedlichem Schlummer verbrachte.

Zu ihrem Erstaunen vernahm Ruth von da an jeden Morgen, wie ungestört Carls Nächte verliefen. Aber sie traute sich bei Nacht nicht mehr zu ihm hinein. Sie nicht.

Und während Carl langsam von all seinen Kräften verlassen wurde – sein Geist war schon beinahe tot und kehrte nur manchmal noch und immer seltener zurück in ein paar unverständlich gelallten Lauten und in einem jähen Aufreißen seiner Augen, die schon für immer geschlossen schienen, wie zugewachsen unter verquollenen, schweren Lidern, und plötzlich wieder einen Blick hatten: erstaunt, verständnislos, jenseits von allem Entsetzen, bevor sie sich wieder, vielleicht zum letztenmal, schlossen – währenddessen verließ ihn doch nicht sein

Dämon. Er ließ ihn stöhnen, er warf ihn im Bett herum. Er befahl ihm aufzustehen, er duldete ihn nicht im Bett. Er ließ ihn nach jeder Hand greifen, die ihm zu nah kam. Er gab den Lauten, die er aus seiner Brust herauspreßte, die Macht der Unerträglichkeit, die sonst nur Säuglingsgeschrei hat, ein Bann, der dich einholt, wenn du das Zimmer verlassen willst, der deinen Fuß lähmt, bevor du zur Tür hinaus bist, und dich zwingt, umzukehren und deinen Platz auf der Bettkante einzunehmen: »Dich habe ich gemeint, ja dich. Du *mußt* mir helfen!«

Und während er immer schwächer wurde – er hatte schon lange nichts mehr gegessen und atmete nur noch flach und mit immer längeren Pausen –, blieb der Dämon bei unverminderter Kraft und achtete nicht im geringsten auf das, was mit Carls Körper und seinem Geist geschah. Er war sein Leben. Und er fuhr fort, sich ungestüm zu behaupten, wie er es vom ersten Tag an getan hatte, und als Carls Körper am Ende war, ein elender Gaul, zuschanden geritten von einem grausamen, unbarmherzigen Reiter, als er keine Luft mehr bekam und sein Herz in einem Fieberanfall, der ihn zuletzt eingeholt hatte, aufhörte zu schlagen, da starb er nicht etwa mit, der Dämon, der Carls Leben war, er zog sich von ihm zurück und ließ ihn in einem häßlichen Akt des Verrats und der Treulosigkeit einfach fallen. Entsetzt sahen Victor und Ruth und Renate, die zufällig ins Zimmer gekommen war, wie das Blut aus seinem Gesicht wich, wie zuerst seine Nase starb, indem sie weiß und wächsern wurde, dann seine Stirn, seine Wangen, sein Mund. Sie wußten, was sie sahen, und wollten es doch nicht glauben und warteten lange auf seinen nächsten Atemzug. Aber es kam keiner mehr.

So also war Carl der Aufgabe, sein Testament zu machen, entkommen. Das also war seine Möglichkeit, die einzige gewesen, als Toter noch zu besitzen: indem er sich in den Schlaf und die Unerreichbarkeit zurückzog, indem er kindlich und nicht mehr ansprechbar wurde und sie doch alle im Bann seines Lebens und im Bann seines Bettes hielt. Aber auch da war er aufgestöbert worden. Es war sein letzter und sein vergeblichster Trick. Er mußte weichen. So konnte es noch keine Ewigkeit geben. Nein, Carl, Besitz und Dauer, die beiden Güter, nach denen es dich so sehr verlangt hat und die du so gerne vereinen wolltest, sind nicht vereinbar. Du mußtest dies Haus verlassen, in dem du dich einmal so sicher fühltest, und mußtest hinaus in dein Leben und später dein Bett verlassen, die letzte Zuflucht, und mußtest hinein in den Sarg. Jetzt ist nicht einmal mehr dein Körper da, der stellvertretend für dich protestieren könnte, wenn deine Habe verteilt wird. Hier stehe ich, Victor, dein Erbe. Was ist es denn, was du mir hinterlassen hast? Vielleicht will ich es gar nicht. Deine Erinnerungen an dieses Haus? Zum Teufel mit ihnen! Der Schwindel, der einen beim Blick über die Brüstung ergreift? Der Gedanke an einen Fall, den man niemals tun wird, weil es nicht sein kann, nicht sein darf, daß man auf dem harten Boden einer anderen, einer niederen Klasse zerschellt, der Klasse der Besitzlosen, derer, die von unten nach oben schauen und niemals von oben nach unten, derer, für die dieses Haus einen zweiten Eingang hat, einen kleineren, nach hinten gelegen? Deine Zähigkeit, Carl? Dieser boshafte, listige kleine Teufel, von dem du besessen warst bis zum letzten Moment, der dir keine Ruhe ließ, der dich durch dein Leben vor sich hertrieb, der dir befahl, dich aufzurichten nach einer Niederlage, unverzüglich, sofort, und mit allen Mitteln zu kämpfen? Deine Ängste? Und die grausame Herrin all deiner Ängste, die Angst vor Verlust, die den Namen Geiz hat? Und deine Sentimentalität! Eine schlampige Göttin, fett, angejahrt und untersetzt, die es liebte, dich an ihren schwabbligen Busen zu drükken, wenn sie dir mit Altweibertremolo in der Stimme ins Ohr sang, Lieder von früher, die dich besänftigten und zum Mitsingen brachten. Sie lebte in vollkommener Eintracht mit deinem Geiz. Wenn er dir zuraunte, an dich zu halten, festzuhalten, dich zu verweigern, ermunterte sie dich, zu zerfließen, dich hinzugeben, dich zu verströmen – da, wo es nichts kostete. Und weil deine Seele sich in ihrer Weichheit erlebte, weil sie sich selber Tränen der Rührung vergießen sah – wie sollte sie von sich glauben, daß sie einem Geizhals angehörte? Wer so tief fühlt, wie sollte der nicht das Gute fühlen, das Edle und Wahre!

Ich will nicht dein Erbe sein. Du sollst umsonst gelebt haben. Ahnst du, wie sehr wir erlöst sind von dir?

Carl in seinem Purgatorium! Was hat man mit dir gemacht, daß du jetzt milde geworden bist, wissend, deiner selbst bewußt, wie du es niemals sein konntest? Befreit von all den Irrtümern, die so zu dir gehörten wie dein Gesicht? Ganz ohne Schutz vor den Einsichten, die du dein Leben lang abgewehrt hast mit aller Kraft, die du hattest? Wie habe ich gewünscht, daß du einmal, einmal nur etwas einsehen würdest und einen deiner Irrtümer preisgeben, einen einzigen nur ein einziges Mal! Lieber Gott, laß ihn sterben, laß ihn sterben, lieber Gott, laß ihn sterben! Ich wußte es immer: Als du den Autounfall hattest – ein tödlicher Unfall, du hattest die Vorfahrt, und jemand fuhr mit voller Geschwindigkeit seitlich in dich hinein –, da entstiegst du fast unverletzt dem vollkommen zertrümmerten Auto, und alles gab dir wieder recht: der Tod des anderen Fahrers, die Straßenverkehrsordnung und dein Überleben. Und Ruth, die zitternd an deine Brust sank, als du nach Hause kamst. Zitternd? Wovor? Ich war vielleicht sechzehn und stand wie immer daneben. Im Vollbesitz all deiner Irrtümer kamst du zurück, vollständig unangefochten, unsterblich. Ich schämte mich meiner elenden Gebete. Ich ahnte, daß das nicht der richtige Weg war, erwachsen zu werden. Ich suchte so sehr nach einer Möglichkeit, dich nicht hassen zu müssen. Du hast nichts davon gemerkt.

Können wir jetzt denn darüber sprechen? Bist du schon geläutert? Bist du weit genug weg? Ich traue dir zu, daß du noch versuchst, deinen Sarg von innen zu sprengen. O Gott. Die Totengräber haben doch keine Mittagspause mehr! Sie sind doch schon am Werk! Sie schaufeln dich doch schon zu!

Ich brauche keine Angst mehr zu haben, mit dir zu reden. Wie verständnisvoll du jetzt bist, wie sanft. Überraschend brüderlich.

Ganz anders als damals, als du so schandbar unverletzt in der Tür standest, eine Schramme an der Stirn, nichts weiter als eine Schramme, die kaum noch blutete. Und trotzdem schrie Ruth angstvoll auf und führte dich, führte dich, als ob du mit eigener Kraft nicht gehen könntest, zum Sofa, auf das sie dich bettete. Dann holte sie Pflaster und Desinfektionsmittel und tupfte – wie zart! – deine Stirn ab. Behutsam, ganz nah mit ihrem Gesicht über deinem, klebte sie Pflaster darauf. Du stöhntest ein bißchen, nur ihr zu Gefallen, und bäumtest dich plötzlich auf: »Frau Doktor, ich liebe Sie!«, und zogst sie zu dir herunter, um sie zu küssen, und ich stand wie immer daneben.

Merk dir diese Filmszene, Victor! Das wird auch von dir verlangt. Du mußt Carl sein. Du mußt eine Frau umarmen. »Frau Doktor, ich liebe Sie!« Sie wird deine Schmerzen lindern. Sie wird dir gehören. Sie wird ein Geheimnis bergen, des Rätsels Lösung. Du muß wie im Kino sein, ein Held, der weiß, daß er ein Held ist, unverletzlich, unsterblich und – Victor, jetzt hör gut zu – nicht zu verlassen! Carl kann nicht verlassen werden. Niemals!

Und Charlotte? Wie war es mit Charlotte? Das war etwas anderes. Sie wurde von ihm verlassen. Er schickte sie wieder nach Hause. Nach Hause zu ihrer Mutter und ihren Schwestern. Es war doch das beste für sie. Natürlich war es das beste. Sie brauchte keinen Mann. Sie brauchte ein Schicksal, das sie bejammern konnte. Sie brauchte ein Publikum für ihre Klagen. Unzumutbar für einen Mann. Sie war wirklich am besten zu Hause aufgehoben.

Schon möglich, Carl, aber sie wurde krank.

Ach was, krank. Sie hat immer gejammert. Das war ihre Art.

Und warum hast du mich nicht bei ihr gelassen, Carl?

Aber Victor! Du bist mein Sohn! Du warst besser bei mir aufgehoben. Sie war doch krank. Sie konnte sich nicht um dich kümmern!

Carl! Deine geläuterte Seele mag sein, wo sie will, der Geist, der mich heimsucht, gleicht dir aufs Haar. Er spricht mit mir in deiner Sprache. Er weiß nichts von deinem Tod. Er steht neben mir und ruft mir zu: Hol sie zurück! Zwing sie, zu dir zurückzukommen! Es gibt immer Mittel und Wege. Du darfst ihr keinen Ausweg lassen! Sie gehört dir, sie gehört dir, sie gehört dir! Christine!

Victor wurde sich seiner selbst bewußt, indem er auf der Galerie stand und sich über das Geländer krümmte, als kämpfe er gegen Schmerzen an, die ihn übermannten. Er war nicht sicher, ob man ihn hatte hören können. Vielleicht hatte er Selbstgespräche geführt und sich entsetzlich lächerlich gemacht. Irgendwo unten im Haus war der Waldorfschullehrer, der möglicherweise schon lange und taktvoll still überlegte, wie er ihn loswerden könnte. Was ist so interessant an diesem Fußbodenmosaik, das ich hier anstarre, versuchte er sich selber zu sagen und merkte, daß sich sein Blick schon wieder in der Tiefe festsaugte, und der Moment, der jetzt war, hier und jetzt, ein Mann im schwarzen Anzug in einem Haus, in das er nicht gehörte, drohte, sich wieder zu verflüchtigen und fern und nebelhaft zu werden. Victor drehte sich um. Er spürte noch immer den Druck im Magen, der daher rührte, daß er sich über das Geländer gebeugt hatte, viel zu lange und viel zu fest. Er lehnte sich jetzt mit dem Rücken daran und verschränkte die Arme und sagte sich: Ich muß den Schmerz aushalten. Es ist entsetzlich. Ich muß ihn aushalten. Und mit einer Eindringlichkeit, als wenn er Carl etwas klarmachen müsse, das dieser nie und nimmer verstehen würde, wiederholte er mehrmals – und jetzt sprach er wirklich, er bewegte die Lippen: Sie hat mich verlassen. Sie hat mich verlassen. Sie hat mich verlassen ...

Carl stand vor seinem Schreibtisch. Er hatte nicht gemerkt, daß Victor ins Zimmer gekommen war. Er stieß diesen Satz hervor, immer wieder, den Victor erst nachträglich verstand, nachdem er sich aus dem Zimmer geschlichen und ganz leise wieder die Tür zugemacht hatte. Es klang wie eine Verwünschung. Wie ein Fluch, eine Drohung. Und dann auch wieder wie Schluchzen. So verzweifelt. So hilflos. So schrecklich, daß Victor dann nicht überrascht war, aber starr vor Entsetzen und Abscheu, als es in Weinen überging und keine der Wände im Haus ihn davor bewahrte, es mit anhören zu müssen. Ruth hatte Carl wirklich verlassen! Sie hatte es wirklich getan! Sie machte Victor zum Zeugen der Schmerzen, in denen sich Carl wandt.

Dann war er plötzlich ein Mann. Es kam so unverhofft, daß es unmöglich war, an Gegenwehr zu denken, und in den langen, qualvollen Stunden seiner Initiation vergaß er alles, wovon er geträumt hatte: erbitterte Kämpfe, Mann gegen Mann, in denen er einen Feind, der viel kräftiger war als er, zu Boden ringen würde, weil etwas ihm Kräfte verlieh, das mitten im Kampf seine Muskeln stählte und ihn einfach zwang zu siegen. Und etwas trug ihn davon, jetzt ohne Widerstände, ein Pferd oder was auch immer, etwas, das er mit dem Druck seiner Schenkel beherrschte, ja mit dem Druck seiner Schenkel ... Carl bat ihn an diesem Abend, sich zu ihm zu setzen. »Laß mich nicht allein«, sagte er zu Victor, und er bot ihm ein Glas an: »Möchtest du Bier oder einen Schluck Whisky?« Er hatte ein Feuer im Kamin gemacht, das schon halb heruntergebrannt war, und sie saßen da und stocherten abwechselnd in der Glut herum, und Carl unterbrach sich immer wieder und fragte: »Möchtest du noch einen Schluck? Komm, trink doch!« Und Victors Glas war tatsächlich manchmal leer. Es mußte sehr spät geworden sein. Die Zeit, in der man gesagt hatte: »Victor, du gehst jetzt ins Bett!«, war endgültig vorbei.

Carl hatte ihn unwiderruflich ins Vertrauen gezogen. »Sie kann mich gar nicht verlassen«, sagte er immer wieder, »sie muß zu mir« – und manchmal sagte er »zu uns« – »zurückkommen. Ich hole sie. Wenn ich nur wüßte, wo sie sich versteckt hat.« An dieser Stelle goß er sich nach. »Ich weiß, wo sie sich versteckt hat. Sie kann sich gar nicht verstecken! Ich fahre morgen früh. Willst du mitkommen? Ach, du mußt in die Schule.« Und nach einer Pause: »Ich fahre morgen früh. Kommst du mit? Ach ja, du mußt in die Schule.« Er hatte ein rotes Gesicht und wirre Haare, durch die er sich mit gespreizten Fingern fuhr, bis sie auf lächerliche Weise vom Kopf standen. Er weihte Victor nach und nach in die ganze Geschichte ein. Eine Geschichte für Erwachsene und der entscheidende Teil von Carls Plan zur Rückgewinnung von Ruth.

Es war schon kein Gedanke mehr daran, daß Victor ihm zurufen könnte: Du willst sie doch nicht erpressen! Carl war so unbestreitbar mit seinen Leiden im Bunde, mit ihrer Unerträglichkeit. Und mit dem, wofür sie ein Zeichen waren: mit seiner Liebe zu Ruth. Denn hätte er dermaßen leiden können, wenn er sie nicht liebte, nicht über alles liebte und – er benutzte die Worte mehrmals an diesem Abend – »mehr als sein Leben«? »Ich brauche sie«, stöhnte er, »ich brauche sie einfach!« Und alles unter dem Vorwand, daß Victor jetzt ein Mann sei. Carl stellte sein Glas ab: Und schließlich, wem immer seine Gefühle gleichgültig sein mochten – er sprach jetzt nicht mehr zu Victor, sondern zu einer unübersehbaren Menge, der Allgemeinheit –, der sollte zur Kenntnis nehmen: Er war mit der Wahrheit im Bunde!

Das war er immer. Das machte es so unmöglich, mit

ihm zu kämpfen, ihm zuzurufen: Du bist im Unrecht, besinn dich! Denn war es nicht so, was er sagte? War es nicht so und nicht anders geschehen?

Carl und die Wahrheit! Der Absatz, unter dem sie sich alle krümmten und schließlich um Gnade flehten: Ja, Carl, du hast recht! Aber du hast mir doch gesagt, Victor, daß du gelogen hast, du hast es doch zugegeben! Ja, aber ... Was aber? – Ich habe es nicht so gemeint! – Hast du es gesagt oder nicht?

Wie gern er das Wort »Lüge« gebrauchte, wenn er um eine Waffe verlegen war! Er enthüllte so gern. Er war ein für allemal mit der Unbestreitbarkeit des Tatsächlichen im Bunde, das ihm, und vorzugsweise ihm, seine Informationen zuspielte. War es nicht so? Ja, aber ... Was aber? Seine Feinde wollten immer verschleiern, sich entschuldigen, sich herausreden. Carls Überzeugtheit war eine uneinnehmbare Festung. Sie umschloß die Gewißheit, daß Wahrheit niemals tröstlich sein kann. Ein Schwert, das schneidet. Ein Salz, das in Wunden gestreut wird. In anderer Wunden. Er war es, der streute.

»Hörst du auch zu, Victor?« – »Ja, natürlich.« Und so erfuhr Victor die Geschichte von Ruths erstem Sohn. Ruth war erst neunzehn. »Ich konnte sie doch nicht heiraten«, sagte Carl, »deine Mutter wollte sich noch nicht scheiden lassen.« Victor begriff sehr langsam. Es war aber alles sehr einfach gewesen. Vor allem für Carl. Viel undramatischer, als solche Geschichten sonst sind. Ruth fuhr rechtzeitig nach Rom, wo ihr älterer Bruder lebte, der eine Frau geheiratet hatte, die keine Kinder bekommen konnte. »Der Unterleib war ausgeräumt.« Victor gelang es sein Leben lang nie, diese Worte zu verdrängen und die Vorstellung von einer Frau, die nichts als ein hohles Gefäß ist: Sie läuft herum, sie spricht und sie lacht, und innen ist nichts. Nichts als eine leere, gähnende Höhle. Wie sollte man das von außen erkennen? Betrug, wo man auch hinsah. Schein und Betrug.

Vor Victors Augen brach knisternd ein ausgeglühtes Gebäude zusammen, in dessen glimmenden Gängen er sich verloren hatte: ein Spukschloß, eine kunstvolle kleine Hölle. Ja, es war wirklich ganz einfach gewesen: Sie behielten das Kind, und nicht einmal Ruths Eltern erfuhren, wer diesen Enkel geboren hatte, der ja ganz unbestreitbar ihr Enkel war. Joachim? Ja, Joachim. Er sollte nie etwas erfahren. Das war die einzige Bedingung, die Ruths Bruder und seine Frau gestellt hatten. Sie wollten ein eigenes Kind. Und Carl hatte Ruth Ersatz versprochen, natürlich. Sie war sofort nach der Geburt des Kindes zurückgekommen, und er hatte in der Zwischenzeit die Scheidung betrieben. Victor fiel der Gebrauch dieses Wortes auf: »betrieben«. Es paßte nicht in sein bisheriges Bild vom Verlauf der Ereignisse. Aber Carl war schon weiter: Ruth hatte dann später ihre Mädchen bekommen, ihre niedlichen, kleinen Mädchen. Er war den Tränen nahe. Er würde nie von sich glauben können, daß er seine Töchter nicht liebte. Denn weinte er nicht beinahe vor Sehnsucht nach diesen bezopften kleinen Geschöpfen? Er würde sie zurückholen. Mit allen Mitteln. Er würde ... Er schien vergessen zu haben, daß Victor neben ihm saß. Er würde sein Recht verlangen. Er hatte damals nicht seine Zustimmung zur Adoption gegeben. Er würde Joachim aufklären. Er würde mit Ruths Eltern sprechen. Wenn sie sich von ihm trennen wollte, dann, und nur dann – und was könnte er schließlich dafür? –, dann würde dies alles zur Sprache kommen. Gefühle?

Die Gefühle des Kindes und seiner Eltern? Wer dachte denn an seine Gefühle? Sie hatten gelogen. Sie hatten während all der Jahre gelogen, in denen er unbestreitbar im Besitz der Wahrheit gewesen war. Wer hatte sich denn jemals gefragt, was es ihn gekostet hatte zu schweigen?

Victor gelang es mit knapper Not, sein Bett zu erreichen. Im Liegen ließ seine Übelkeit etwas nach, und er wachte im Morgengrauen halb ausgezogen und mit einem widerlichen Geschmack im Mund auf. Er hatte von Ruth geträumt. Schauerlich sündhafte Dinge, die er sich sofort zu vergessen befahl. Es war auch nicht Ruth gewesen. Nein, ganz bestimmt nicht. Sie war viel jünger, kaum älter als er gewesen. Sie hatte sich versteckt. Aber er wußte gleich, wo er sie finden würde. Unter der Treppe. Ein ganz heimlicher Ort. Man öffnet einen kleinen Holzverschlag, wo vor Jahren – man konnte kaum etwas erkennen, und seine Augen gewöhnten sich nur langsam an das Dunkel – ein Mädchen kauerte, mit dem er einen Nachmittag lang gespielt hatte: Ich will dir was zeigen, Victor, komm, ich will's dir nur zeigen ... Und während er gierig hineinkroch, blind vor Verlangen, stieß er im Dunkeln an etwas Warmes und Feuchtes und Weiches. Ruth! Warum hatte sie ihm nicht gesagt, daß sie geboren hatte! Nackte, zitternde kleine Kätzchen – aber es war schon zu spät.

Der kleine Fähnrich

»Kann ich etwas für Sie tun?« Der Waldorflehrer hat sich verwandelt. Es ist jetzt eine Frau. Wahrscheinlich die Schulsekretärin. Victor muß sich noch einmal bemühen, eine Begründung für seine Anwesenheit in diesem Haus in Worte zu fassen. »Ich suche die Spuren meiner Vorfahren«, das kann man schließlich nicht einer Waldorfschulsekretärin ins Gesicht sagen, auch wenn sie noch so deutlich Offenheit für alles Denkbare signalisiert. Victor plagt sich mit Umschreibungen, die ein Höchstmaß an Plausibilität und Wahrhaftigkeit bieten sollen – und wünscht sich, er hätte sich in der Montur eines Handwerkers eingeschlichen oder als Stromableser. Die Wahrheit – als ob das nicht die albernste, die uneleganteste Ausrede wäre! Aber die Frau, mit der er spricht, glaubt nicht an den Dieb und den Kindesentführer in ihm, den Brandstifter und den Bombenleger. Sie weigert sich, an etwas anderes als an das Gute in ihm zu glauben, und zieht sich freundlich zurück.

Kurz darauf hört er ihr tapferes Tippen, mit dem sie jeden Gedanken an Schritte auf dem Korridor bannt, an knarrende Treppen und jemanden, der von hinten an sie herantreten könnte. Die Einsamkeit der Schulsekretärinnen am Nachmittag! Wenn das Geräusch der Schreibmaschine durch leere Gänge hallt und wenn ein plötzliches Klopfen an der Tür ihnen bis in die Fingerspitzen fährt: Wer sucht denn jetzt etwas hier?

»Das ist unser Atelier. Ich kann Ihnen gern den Schlüssel geben.« Victor hatte eine zweiflügelige Tür im Erdgeschoß entdeckt, die abgeschlossen war. Sie kam dann doch mit. Sie öffnete einen Flügel und stand in der Tür, halb einladend, halb den Zugang versperrend, und Victor mußte sehr nah an ihr vorbei. Er war in Carls Wintergarten.

Pflanzen. Kübel mit riesigen Pflanzen. Vielfingrige Palmen und glänzende Gummibaumblätter. Orangenbäume. Das sattsam bekannte Glühen der Früchte im dunklen Laub. Schlingpflanzen, wuchernde Triebe, die über die gläsernen Wände krochen wie Tiere, beharrlich und unaufhaltsam. Das leidenschaftliche Blühen der Gliederkakteen, haltlos und übertrieben in all dem Grün. Und Farne. Dichte, durstige Farne. Ihre Ausläufer reichten so weit, daß sie im Nachbartopf Wurzeln schlugen und in einem Teil des Raumes ein undurchdringliches Ganzes bildeten, Farnwälder, von denen Carl, der manchmal im Wintergarten spielte, bis sie ihn dort gefunden hatten und ärgerlich wegriefen: »Was machst du im Wintergarten, Carl?« – vor denen er saß wie Gott vor seiner Schöpfung, sinnend und nachdenklich: Sollte er Menschen schaffen? Die Welt war mit Farnen und Schachtelhalmen bedeckt, und hin und wieder streckte ein Saurier seinen fleischigen Hals durch das Grün.

Von hier aus konnte man hören, wenn Mama Klavier spielte. Mama – wie das zweite »a« klang! Er hätte das Wort nie anders, auch in Gedanken nicht, als auf der zweiten Silbe betont. Und ihr Gesang! Er schlich sich an sie heran, bis er dicht hinter ihr stand. Sie tat so, als merke sie nichts, und leitete dann doch ganz leichthin plötzlich über zu Carls Lieblingslied und lächelte ihm über die Schulter zu, wenn er schon kräftig mitsang, seine und Mamas Stimme vereint in hellem Entzücken:

Kein' schönern Tod
gibt's auf der Welt,
als wer vom Feind erschlagen ...

Es war nämlich Krieg. Er hoffte nur, daß es lang genug dauern würde. Bis er groß genug wäre, auch hineinzuziehen. Sein Vetter Richard war Fähnrich. Bei seinem Einmarsch in Lüttich – Richard ganz vorne und hoch zu Pferde – hatten die Mädchen, alle mit Mamas Stimme, geweint vor Begeisterung und Taschentücher geschwenkt. Zu Weihnachten bekam Carl eine Fähnrichsuniform, eine richtige Fähnrichsuniform, und einen Helm dazu, einen richtigen Helm, und einen richtigen Säbel – alles in seiner Kindergröße, aber echt, wenn auch der Säbel stumpf war. Er durfte mit seinem Vater zum Bahnhof gehen, wo die Waggons standen, die die Freiwilligen nach Westen brachten. »Ausflug nach Paris« stand darauf und »Auf in den Kampf, mir juckt die Säbelspitze«. Carl juckte sie auch.

Als dann die Nachricht kam, daß Richard wirklich tot war, in die Augen getroffen, in seine lustigen blauen Fähnrichsaugen, aus denen sein Fähnrichsblut in einen Acker unweit der Marne rann, da fuhr Carl fort, ihn zu beneiden, und Mama, die ihre Hände vors Gesicht geschlagen hatte: »Der arme Junge!«, fuhr fort zu singen, ein wenig verhaltener vielleicht, ein wenig gefühlvoller noch und sehr innig.

Halb betäubt von dem modrigen Erdgeruch im Wintergarten, halb zugewachsen, hockte Carl furchtlos zwischen all den Pflanzenarmen, die nach ihm ausgestreckt waren, und träumte von Kämpfen auf Leben und Tod. Fast immer blieb er der Sieger. Manchmal mußte er fliehen. Aber sein Feind merkte immer zu spät, daß er in eine Falle gelaufen war. Blitzschnell hatte sich Carl in einem Gebüsch versteckt und erwartete den Verfolger schon mit gezogener Klinge. Im offenen Kampf war dann alles unendlich leicht, und alles war unendlich mühsam. Jede Bewegung war vorgeschrieben. Sie mußte notwendig so und nicht anders ausgeführt werden, und sie zog notwendig jede nächste Bewegung nach sich. Die Strategie, das ewigste aller Gesetze, das höchste aller Gefühle, sie war ein Tanz, der einen herumwirbelt, man weiß nicht mehr wie, und man weiß es doch so genau. Ein einziger Verstoß gegen seinen Takt, der Bruchteil einer Sekunde nur, in dem man den Einklang verliert, in dem man nicht mehr simultan mit dem handelt, was sich von Ewigkeit her vorbestimmt abspielt – und man ist besiegt. Aufgespießt auf der Säbelspitze einer gräßlichen Niederlage.

Der Feind ist immer gezeichnet von seiner Abscheulichkeit. Alles, seine Gestalt, sein Gesicht, sein innerstes Wesen ist von ihr durchtränkt. Nicht, zu erliegen, getötet zu werden – von ihm getötet zu werden ist schrecklich. Wenn es dann aber geschieht, wie bei Richard, ist es ein Heldentod. Der Feind hat nicht als Sieger – wie könnte er das? –, er hat in seiner Abscheulichkeit triumphiert. Er trägt manchmal das Gesicht von Carls Bruder Ernst, der vier Jahre älter ist als er, massiv, mit Muskeln bepackt und zwei Köpfe größer. Carls Haß beginnt schon, wenn er ihn nur essen sieht. Was er alles in sich hineinschlingt!

Und eine perfide Maschinerie in seinem Körper sorgt unaufhaltsam für die Umwandlung des Essens in Muskeln, mit denen er Carl zu Boden drückt, gnadenlos, schmerzhaft, bis Carl glaubt, wenn er nur in diesem, in diesem einen Augenblick frei wäre, er würde ihm die Kehle zudrücken, ja, er würde ihn ein für allemal töten. Wenn ich groß bin, sagt er sich, wenn ich erst groß bin ... Aber er würde nie auf dieselbe Art groß werden wie Ernst.

Heimlich, vor dem Spiegel in Mademoiselles Zimmer, zog er seinen Säbel. Er vervollkommnete sich in der Kunst, seinen Säbel zu ziehen. Der Spiegel warf einen kleinen Fähnrich zurück, der mit einer Geste zum Säbel griff, die so und nicht anders sein mußte. Sie war schon den Eltern am Weihnachtsabend zu Herzen gegangen, die glücklich gelächelt hatten bei seinem Anblick: »Schau, unser Fähnrich!« Und auch Mademoiselle, die ihn aus einer Ecke des Zimmers beobachtete, wie konnte sie anders als lächeln! Glich sie nicht den Mädchen in Lüttich mit ihren Tränen und Taschentüchern! War sie nicht eine von denen, die er einst ausziehen würde zu erobern? Mademoiselle! Ihr Lächeln durchrieselte ihn mit einer Freude, die seinen Säbel aufblitzen und im Triumph durch die Luft schwingen ließ. Er wunderte sich zuerst gar nicht über das Klirren, die vielen Scherben. »Carl, was hast du gemacht?« Er hatte den Feind getroffen. Er hatte das Bild des kleinen Fähnrichs getötet. Blut floß über seine Hand, und Mademoiselle kniete zitternd inmitten der Scherben und zog einen Splitter aus seiner Wange, der so groß war, daß sich sein blutiges Gesicht darin spiegeln konnte. Sie zeigte es ihm.

Er blieb klein. Und er behielt diese Narbe. Ernsts fleischiger Körper wuchs und wuchs, und Carl wurde zwölf, er wurde dreizehn und vierzehn und fünfzehn und nur unbeträchtlich größer. Sie warteten alle auf seinen späten Start, aber es kam nichts. Als seine Mutter, selbst klein und sehr zierlich, ihm einen Konfirmandenanzug kaufen wollte und ein Verkäufer sie fragte: »Für den Kleinen da?«, antwortete sie ihm mit einer Stimme, die keinen Zweifel aufkommen ließ: »Für meinen Sohn!«

Er war David, mit dem Geheimnis des Sieges im Bunde. Schon früh gezeichnet von den Spuren der Kämpfe, die er ausfocht. Und alles, was ihm begegnete, sollte ihm Goliath sein.

Kämpfe. Der Schulhof ein blutiges Schlachtfeld. Freund und Feind sind immer klar unterschieden, einfach dadurch, daß sie Freund und Feind sind. In den Unterrichtsstunden duckt man sich beinah gemeinsam vor einer größeren Gefahr. Der Heimweg durch die Arbeitersiedlung erfordert mehr Mut, als Carl eigentlich hat, und muß doch täglich gemacht werden. Hier lauert der Feind rechts und links, er ist vor ihm und hinter ihm, und Carl darf nicht einmal rennen, sonst antwortet er mit Hohngelächter, was schlimmer, viel schlimmer ist, als wenn er offen angreifen würde. Selbst zu Hause im Park versteckt er sich hinter den Büschen, mal hier, mal dort. Aber hier ist er mehr zu Spiel und Scherzen aufgelegt. Er läßt sich auf Wetten ein, huscht hinter den Pavillon und verspricht, Carl nichts zu tun, wenn er es wagt, an der höchsten Stelle von der Mauer zu springen, oder wenn er keine Angst hat, bis ganz oben in den Nußbaum zu klettern. Mama, die eben aus der Tür tritt, sieht ihn dort hin- und herschwanken, und er genießt ihr Entsetzen. Sie steht einen Augenblick starr und schlägt die Hand vor den Mund, und der Abgrund unter ihm, der ihn schwindlig macht, ist ihre Liebe. Er preßt sich fest an den Baumstamm in Angst und Entzücken. Sie glaubt, er könne nicht mehr hinunter, aber er will nicht.

Er liebt es, wenn er gesucht wird. Er liebt es, wenn man sich Sorgen macht seinetwegen. Kämpfe. Diesmal hat er sich viel zu weit vorgewagt in Feindesland. Schwere Kämpfe. Er kann die Stimmen, die ihn zurückrufen wollen, kaum noch hören. Als er die Augen einmal mit Mühe aufmacht, stehen sie um sein Bett herum, Mama, Papa, Mademoiselle, und er begreift, daß er krank ist. Er ist zu müde, zu weit von ihnen weg, um zu sagen, wie sehr ihm alles weh tut. Sie hören ihn ja auch nicht. Sie können ihn gar nicht hören. Sie tun so seltsame Dinge, als ob sie ganz Fremde seien. Und doch sehen sie aus wie Mama und Papa und Mademoiselle. Mama allerdings ganz schwarz gekleidet, sehr blaß, wie aus Stein, und sie bewegt sich auch nicht. Sie ist erstarrt. Sie *ist* aus Stein. Sie *kann* sich nicht mehr bewegen. O Mama! Du mußt mir doch helfen! Sie rührt sich nicht. Papa muß kommen! Wo ist Papa? Carl sucht ihn überall. Im Wintergarten sucht er ihn und versteckt sich vor Mademoiselle, die hereinkommt. Sie weint? Sie hat geweint. Papa kommt hinter ihr her. Carl möchte zu ihm laufen. Doch auch Papa ist ein anderer geworden. Er schließt sehr sorgfältig die Tür und blickt unverwandt Mademoiselle an. Er muß traurig sein, auch er. Was ist los? Papa geht auf Mademoiselle zu, als wenn er, wie eine mechanische Puppe, die ihre Schritte macht, nicht anders könnte. Es dämmert. Das Grün der Pflanzen ist dunkel, fast schwarz. Eine einzelne Blüte leuchtet in düsterem Rot. Die Luft ist schwül und schwer, und die Palmwedel zittern unter dem Hauch geflüsterter Worte: »Henri«, »Geneviève«. Ganz fremde Namen. Das können doch nicht Mademoiselle und Papa sein. Sie scheinen gemeinsam zu weinen, zu schluchzen, zu stöhnen. Sie müssen ein furchtbares Unglück bejammern, das beide schüttelt. Es sind ihre Stimmen, und es sind nicht ihre Stimmen. Papas Stimme ist viel tiefer als Papas Stimme, heiserer. Und Mademoiselles Stimme zittert, wie Mademoiselles Stimme sonst niemals zittert. Papa sucht Hilfe bei ihr. Er hält sie umklammert. Es muß entsetzlich sein, das Unglück, das von Papa Besitz ergriffen hat. Er kniet jetzt vor ihr, und sie flüstert: »Nein, Henri, nein«, und scheint doch selber nirgendwo als bei ihm Rettung zu suchen.

Es ist ein Traum, denkt Carl, ich habe Fieber. Aber das ist ein Traum im Traum, so zu denken. Es genügt nicht, um wach zu werden. Er ist wie gelähmt. Seine Zähne schlagen aufeinander. Er hat Schüttelfrost. Er denkt: Das wird mich verraten. Aber er ist allein. Niemand hilft ihm. Es kann ihm niemand helfen. Er liegt ganz allein in den Farnwäldern. Farne und Schachtelhalme. Es ist viel zu früh für ihn. Eine Ewigkeit noch bis zur Erschaffung von Menschen. Adam und Eva. Henri und Geneviève. Sie riß die Tür auf. Mama stürzte hinter ihr her. »O Madame, er ist krank, er hat Fieber!« Mama lief hinaus, um Papa zu rufen. Mademoiselle kniete neben ihm, stützte ihn, nahm ihn in ihren Arm: »Mein Gott, wie lange schon, Carl, wie lange bist du schon hier?« Dann kam Papa und trug ihn hinauf in sein Bett.

Man ließ die Kinder an Staffeleien malen. Victor bewegte sich wie in einer Ausstellung und betrachtete die halbfertigen Bilder – eigentlich nur, weil die Sekretärin die Tür aufgelassen hatte und er sich beobachtet fühlte. Die Lichtverhältnisse im ehemaligen Wintergarten waren ideal zum Malen. Ein richtiges Atelier. Wie Sonnenblumen zur Sonne, so waren die Bilder zum Licht ausgerichtet, zum Himmel über dem Park.

Die Kinder hatten Insekten gemalt. Auf großformatigen Blättern, ein komisches Gewirr von Spinnenbeinen, von Greifzangen und Fühlern. Dazwischen kleine Köpfchen mit Facettenaugen, die den Betrachter meinten, abwartend, selbstsicher, aber nicht lauernd, nicht böse. Es waren freundliche Insekten, spinnenbeinig, chitingepanzert und freundlich. Ein bißchen listig und lustig, der Sonne zugewendet und blinzelnd. Manche der Spinnen hatten so etwas wie Pelz auf dem Rücken, weichen, seidigen Pelz aus vielen kleinen Strichen in schimmernden Farbschattierungen, flaumweich und zärtlich. Es gab auch Kinder, die Schlangen gemalt hatten oder sehr dicke tolpatschige Molche mit rührenden Glupschaugen und mächtigem Doppelkinn, zu dem sie nichts konnten. Die Schlangen, deren Leiber vielfach gewunden und ineinander verschlungen waren, dichte Knäuel aus ungebändigter Körperlichkeit, sie hatten glitzernde Märchenaugen und ihre Köpfe graziös erhoben, als trügen sie unsichtbare Krönchen. Und alle, Schlangen, Insekten und Molche, schienen gerade im Begriff zu sein, sich zu verwandeln: in Prinzen, in Königstöchter und niedliche Elfen. Ihre Schreckensgestalt, ihre Alptraumidentität war nur Maskerade und Scherz. Sie hatte nichts zu bedeuten.

Victor versuchte, an die Kinder zu denken, die das gemalt hatten. Fröhliche kleine Magier. Komm zu mir, meine Spinne. Sieh mich an, meine Schlange. Corinna hatte entsetzliche Angst. Sie brachte nicht einmal das

Wort heraus. Sie zitterte, machte sich stocksteif und würde das Zimmer nie mehr betreten: eine Spinne in ihrem Bett. Christine wollte sie töten. Aber Victor hatte etwas anderes im Sinn gehabt. »Du mußt sie anschauen«, sagte er zu Corinna, »von ganz nahem anschauen. Dann hast du keine Angst mehr.« – »Laß sie doch Angst haben«, sagte Christine, »laß sie in Ruh!« Aber Victor wollte nicht einsehen, warum eine Tochter, die einen Magier zum Vater hat, Angst haben sollte. »Ich bin doch bei dir. Komm, wir gehen zusammen hinein! Ich zeige dir, daß es nicht schlimm ist.« Sie wollte vor ihm weglaufen, vor ihm, dessen Hand nach ihr griff, durchaus väterlich, durchaus liebevoll und beruhigend. Sie schrie: »Ich will nicht!« Und warf sich auf den Boden. Sie hatte plötzlich eine durchdringende, schrille Frauenstimme, die auch Christines hätte sein können. »Ich will nicht! Ich will nicht! Ich will nicht!« Er schleift sie über den Boden. Er wird es ihr zeigen! Er wird es diesem hysterischen Frauenzimmer zeigen! Er wird ihr die Spinne zeigen! Da! Er hält ihren Kopf fest, er hält ihn mit beiden Händen umklammert. Die Spinne verschwindet mit spinnenhafter Geschwindigkeit unter dem Bett, und hinter ihm steht Christine mit kalten, haßerfüllten Augen und preßt die schluchzende Corinna an sich. Frauen. Unbelehrbar. Hysterisch. In unerträglicher Ferne. Feindselig. Fremd.

»O Victor!« Ruth konnte ihn nicht verstehen. Er hatte seit ihrer Heimkehr kaum ein Wort mit ihr gesprochen. Sie hatte sich unterwegs sogar überlegt, wie sie ihm alles erklären könne, und sie wollte sehr offen, sehr vertrauensvoll dabei sein. Er war ja kein Kind mehr. Aber dann hatte er sich in sein Zimmer eingeschlossen und war nicht einmal zur Begrüßung heruntergekommen. »Was ist mit Victor los?« fragte sie Carl. »Keine Ahnung. Was soll mit ihm los sein?« Zerstreut. Es war von etwas sehr Unwichtigem die Rede gewesen. Er legte Ruth eine Hand auf das Knie. Er beugte sich zu ihr hinüber. Sie saßen vor dem Kamin. Sie genossen die Wärme. Sie sahen beide ein bißchen hypnotisiert in die Flammen. Sie hatten keine Schritte gehört und fuhren zusammen, als eine Tür geknallt wurde, unverschämt, maßlos, enthemmt. Victor! Carls Stimme hatte einen Unterton von etwas, dem Ruth zuvorkommen mußte. Sie machte sich aus dem Griff von Carls Hand frei und rannte zu Victors Zimmer. Er hatte sich wieder eingeschlossen! Er hatte sie wieder ausgeschlossen! »Was ist denn los, Victor? Warum kommst du nicht runter? Was machst du denn, Victor? Victor! Warum machst du nicht auf?«

Sie hatte ihn verlassen und war zu Carl zurückgekehrt. Sie konnte lange nach ihm rufen.

Victor dachte selber an Flucht. Aber wohin? Er konnte doch unmöglich zu den Müttern zurück. Sie warteten nur darauf, daß er eines Tages zu ihnen kam, vernachlässigt, abgemagert und hungrig auf ihr Eingemachtes und ihre selbstgebackenen Kuchen. Sie waren immer vorbereitet auf seine Ankunft. Sie stampften unaufhörlich Sauerkraut ein und kochten Gelees und Marmeladen mit dem Gedanken an ihn, und wenn er zu Beginn seiner Ferien das Haus betrat, kam ihm eine Mischung aus Gerüchen entgegen, die alle eindeutig dazu da waren, ihn willkommen zu heißen. Dann waren sie merkwürdig scheu, wagten nicht einmal, ihn zu umarmen, und taten so, als wenn sie nicht die ganze Zeit damit beschäftigt gewesen wären, für ihn zu sorgen. Sie strichen ihm kurz übers Haar und machten sich schnell daran, den Tisch zu decken. Sie würden niemals begreifen, wie das geschehen konnte: Charlotte war ohne ihn zurückgekommen. Sie versuchten sich klar zu machen, daß er bei seinem Vater tatsächlich die besseren Möglichkeiten hatte, ein Gymnasium zu besuchen. Sie hätten ihn, wenn er bei ihnen geblieben wäre, in ein Internat schicken müssen wie damals Charlotte, die Klügste von ihnen, die nach Bildung verlangte. Sie war gerade deswegen viel zu zart gewesen, um täglich die weite Strecke mit der Bahn zu fahren, und mußte, fast noch entbehrungsreicher, in einem Wohnheim für katholische Töchter wohnen, wo die diensthabenden Schwestern bei Nacht in einstündigem Rhythmus Kontrollgänge durch die riesigen Schlafsäle machten, in denen bei offenen, wenn auch vergitterten Fenstern geschlafen wurde, vor allem im Winter.

Es war ihr, die Kälte bei Nacht und die Bildung, nicht gut bekommen, wie der Vergleich mit ihren bis heute unangefochtenen Schwestern zeigte, die darum auch nicht daran zweifelten, daß Charlottes neuerlicher Ausflug in eine zweite Ehe – diesmal mit einem höheren und schon verwitweten kinderlosen Beamten – sehr bald mit ihrer Rückkehr zu ihnen enden würde, was er dann auch tat.

Nein, Victor konnte in diesen Mutterleib nicht zurück. Er spielte auch nicht einen Augenblick mit dem Gedanken. Er wollte vielmehr einfach abwesend sein. In einer Art Amerika, wo Abitur oder nicht Abitur nicht zählte. Von wo er eines Tages zurückkehren würde, und Ruth, die sich die ganze Zeit während seiner Abwesenheit Gedanken – Gedanken! – um ihn gemacht hätte, würde ihn kaum noch wiedererkennen, und mit einem leichten Zittern in ihrer Stimme würde sie fragen: »Victor – du?«

Dann würde er ihr seelenruhig zeigen, daß er kein Kind mehr war, sondern ein Mann. Es würde ihr kein Zweifel bleiben. Er würde es ihr beweisen, eindeutig und schonungslos – aber wie? Aber wie?

Ruth hämmerte an die Tür, und er blieb hart. Er lag auf dem Bett, konsequent und auf unbestechliche Art beleidigt. Sie würde schon sehen. Sie würde schon sehen. Aber was? Als er ein paar Tage später ein Gespräch zwischen Ruth und einer Freundin belauschte, in dem von ihm die Rede war – »Victor ist so schwierig geworden. Ich weiß gar nicht, was ich tun soll. Er ist so schwierig« –, da hatte er sich schon an das Gefühl der Verachtung gewöhnt, das er neuerdings für sie empfand und das irgendwie verwandt war mit seiner Einstellung zu den Mädchen in seiner Klasse: Wesen von reduzierter Muskelkraft, reduzierter Leistungsfähigkeit und reduzierter Geltung. »Schau dir doch an, wie ein Mädchen rennt, wie es wirft, wie es einen Tennisschläger in der Hand hält!«

Er liebte. Und weil es so rein, so edel, so ganz und gar körperlos war, erlaubte er sich, bewußt zu lieben. Es hatte mit einem Traum begonnen wie jede Liebe und war beim Aufwachen offenbar. Er wußte nicht mehr, was er geträumt hatte. Zwischen Schlaf und Erwachen hatte er es vollkommen vergessen, vielleicht war es auch kein Traum gewesen. Obwohl er mit einer Erinnerung aufwachte. Nein, keiner Erinnerung, einem Gefühl, einem ganz neuen Gefühl, das allgegenwärtig war und alles veränderte. Er mußte nun immer Ausschau halten nach jemandem, immer sich sehnen. Es war ein Junge, der zwei Klassen über ihm war. Er hatte noch nicht oft mit ihm gesprochen, aber er sah ihn täglich auf dem Schulhof, manchmal ganz nah, manchmal weiter entfernt. Wenn es schellte, versuchte er im Gedränge in seine Nähe zu kommen. Einige Male war er direkt hinter ihm auf der Treppe gewesen, und die Nachfolgenden hatten geschubst und gedrängelt, und er war gegen ihn gestoßen worden. Auch wenn er es nicht gewollt hätte, wäre er gegen ihn gestoßen worden. Es war ihm schon gleichgültig, ob er sich ärgerlich umdrehen würde oder ob er sich umdrehen würde und ihn erkennen. Aber er drehte sich gar nicht um. Das Gerangel war allgemein.

Er wollte nichts als Schulter an Schulter mit ihm sein. Und Schulter an Schulter mit ihm: das wäre die Freiheit, das Leben. Er sah sich neben ihm Berge besteigen und an ihn gelehnt auf dem Gipfel stehen, gleich stark, gleich müde, gleich glücklich. Und von den Mühen des Aufstiegs – nur davon – klopfte sein Herz.

Er trat einem Sportverein bei, in dem der Junge, den er liebte, Mitglied war. Sie wurden ganz gute Freunde. Jetzt erst war er ein unglücklich Liebender, denn ihre Freundschaft war plötzlich viel weiter von seiner Liebe entfernt als das ursprüngliche Einanderkaumkennen. Sie waren nicht Castor und Pollux, sie waren Sportskameraden geworden. Er litt eine Zeitlang, aber es schien, als wenn seine Leiden zunehmend allgemeiner würden, übergingen in eine Art Weltschmerz und schließlich in Unzufriedenheit und schlechte Laune, mit der er seine Umgebung quälte. Er selber hatte nach einiger Zeit ihren Ursprung vergessen. Er dachte nicht mehr daran.

War er wirklich schon sechzehn gewesen, als ihm das widerfuhr? Victor kam es so vor, als wenn er mit sechzehn zu alt gewesen sein müsse für solche Gefühlsverirrungen. Er hatte außerdem Anhaltspunkte in der Chronologie seiner Jugend, daß etwa zur selben Zeit gewisse

Erfahrungen mit einem gewissen Mädchen ihn ganz und gar in Atem gehalten hatten und seine Gedanken bei Tag und bei Nacht – vor allem bei Tag, vor allem bei Nacht – von allem anderen abgezogen hatten und daß er Gefühle – falls man überhaupt von Gefühlen sprechen kann: Empfindungen –, von denen er glaubte, daß sie kontrolliert, unterdrückt werden müßten, unmöglich kontrollieren konnte, bei Tag nicht und nicht bei Nacht. Dabei ging es nicht einmal nur um Vorgänge, die eindeutig seinen Körper betrafen. Seine Seele, auch seine Seele, die bisher ein friedvolles, kindliches Eigenleben geführt hatte, befand sich in Aufruhr, und Körper und Seele, ununterscheidbar geworden, ließen einander und ließen ihm bei Tag und bei Nacht keine Ruh.

Die Zeit, an die er sich zu erinnern versuchte, war eine Zeit der Ununterscheidbarkeit, der fehlenden Eindeutigkeit gewesen. Es war eine Zeit, die Widersprüche ein- und nicht ausschloß. Sie bot dem Victor, der zwanzig Jahre später sechsunddreißig war und eine alte Villa besichtigte, in der einmal früher, sehr viel früher, Entsetzliches geschehen war, sie bot ihm keinerlei Anhaltspunkte für eine Identität. Er konnte sich an zwei Sechzehnjährige erinnern, die er gewesen war, der eine in einen Jungen, der andere in ein Mädchen verliebt. Daneben gab es noch einen, der sich Ruth verweigert, und einen, der Carl gehaßt hatte. Und viele andere wahrscheinlich. Das seltsame war nur, daß er sich an den Jungen erinnern konnte, an sein Gesicht, seine Art zu lachen, und daß er den Wunsch hatte, ihn als Erwachsenen wiederzusehen, während das Mädchen nicht einmal mehr einen Namen hatte, geschweige denn ein Gesicht. Er erinnerte sich nur an diese entsetzliche Unruhe und daran, daß eine da war, die sie auslöste. Und an den Nachmittag konnte er sich erinnern – ein schwüler Sommernachmittag und wie unerträglich es war zu warten –, an dem er wußte, daß Ruth und Carl und die kleinen Schwestern nicht zu Hause sein würden und sie versprochen hatte zu kommen. Sie war gekommen! Es war ein Mädchen gewesen, das – um es deutlich zu sagen – nicht so besonders hoch im Kurs stand. Er hatte es sich, unter anderem deswegen, vollständig versagt, hinterher darüber zu reden.

Warum überhaupt waren seine Erinnerungen – Victor hatte sich das noch nie so deutlich gefragt – ganz ungeeignet, zu Anekdoten zu werden? Wie anders war das bei Carl!

Seine erste Liebe war Mademoiselle gewesen. Aber natürlich! Er hatte sie glühend und leidenschaftlich geliebt auf eine kindlich rührende und ganz erzählbare Art. Ein niedlicher Rosenkavalier war der Held dieser Liebesgeschichte, ein kleiner Schäfer, der seiner Schäferin auflauerte und ihr vor entzücktem Publikum Heiratsanträge machte. Er lief in den Park und pflückte Blumen, die er ihr aufs Kopfkissen legte, und sparte alle die Groschen in seiner Sparbüchse, um eines Tages der Dame seines Herzens einen Hut kaufen zu können, einen wunderschönen Strohhut mit Rosen. So wie Mama einen hatte. Aber Mamas Kavalier mußte ja Papa sein.

Er hatte sich einmal im Wintergarten versteckt, um sich von Mademoiselle suchen zu lassen. Es war so herrlich, von ihr gefunden zu werden. Sie kam herein und rief seinen Namen. Aber sie fand ihn nicht. Er hatte sich gut versteckt und keinen Laut von sich gegeben und hatte gehört, wie sie draußen sagte: »Im Wintergarten ist er auch nicht, Madame.« Und dann war er krank geworden. Es mußte ganz plötzlich eine Veränderung mit ihm vorgegangen sein. Ein überraschendes, heftiges Fieber, das stieg und stieg. Er war eingeschlafen oder einfach nicht mehr bei Bewußtsein. Darum hatte er nicht gemerkt, daß sie überall nach ihm suchten. Es war dunkel geworden. Sie hatten die Polizei benachrichtigt und die Gegend mit Hunden abgesucht. Mama war bereits von Weinkrämpfen geschüttelt und betete unkontrolliert und zusammenhanglos vor sich hin.

»Mein Gott, Carl!« Mademoiselle hatte, einer plötzlichen Eingebung folgend, noch einmal im Wintergarten nach ihm gesucht. »Mein Gott, wie lange bist du schon hier?« Sie war so atemlos, so aufgeregt, so bestürzt. Das Spiel, das er mit ihr spielte, gehorchte plötzlich ganz fremden Regeln. Mama und Papa tauchten darin auf, auch sie merkwürdig fremd, und verschwanden wieder. Er selber fand sich nach rätselhaften Erlebnissen, von denen man gar nicht sprechen konnte, im Bett. Er war also krank. Er brauchte sich nicht zu fürchten. Er hatte nur phantasiert. Mademoiselle sprach der Deutlichkeit halber und, weil er geschont werden mußte, Deutsch mit ihm, und das Wort »phantasiert« klang so trostreich in ihrem Munde, so zärtlich mit seinem Nasal in der ersten Silbe und dem gutturalen »r« in der letzten, daß er begriff: es handelt sich um etwas, das jedem Kind mal passiert, zumal wenn es krank war. Kein Grund zur Beunruhigung, nein wirklich, er hatte nur phantasiert, und das Pelzige auf seiner Zunge und der abscheuliche Druck, der ihm den Hals zuschnürte, so daß er fast keine Luft mehr bekam, das war Diphterie, so hieß es. Ja, armer Carl, mon petit, armer Kleiner, er hatte Diphterie. Doch es würde ihm bald, sehr bald schon wieder besser gehen.

Sie saß drei Wochen an seinem Bett. Bei Tag und bei Nacht – wenn er aufwachte, war sie da. Alle anderen, auch Mama und Papa, waren weit weg und kamen fast nur in seinen Träumen vor. Aber sie, Mademoiselle, sie war da. Sie stand am Fußende seines Bettes – mon pauvre petit –, wenn der Arzt kam und ihm mit einem Löffel in seinen schmerzenden Hals fuhr. Sie war noch immer da, als seine erste Krankheit in eine zweite überging. Er bekam Typhus, obwohl er schon viel zu schwach war, um Typhus zu haben, und diese Krankheit machte auf unvorstellbare Weise mit ihm, was sie wollte. Er wurde so schwach, daß er den Druck der Bettdecke spürte, ein viel zu schweres Gewicht, von dem er sich nicht mehr befreien konnte, ein Stein, ein Felsbrocken, der ihn begrub und diesen entsetzlichen Schmerz in seinen zerquetschten Därmen verursachte. Ihre Hände wälzten ihn fort und tasteten zart über seinen Leib. Wie dünn er geworden war, wie schrecklich mager. Zwischen den spitzen Beckenknochen eine tief eingesunkene Kuhle, und Mademoiselle und er zählten, als es ihm etwas besser ging, seine Rippen. Sie waren noch alle da. Er war davongekommen. »Du könntest ruhig unter die Menschenfresser fallen. Dich würden sie laufenlassen«, sagte Papa. Mademoiselle, lächelnd, am Fußende des Bettes. Sie sah Papa an. Und Papa sie. Und irgend etwas zwang Carl, dem es doch besser ging, der aber jetzt zu schwitzen begann und merkte, daß ihm übel wurde, zu stöhnen, und beide, Mademoiselle und Papa, knieten plötzlich im selben Augenblick vor seinem Bett, dicht nebeneinander, und wollten ihm die Hand auf die Stirn legen: »Was ist denn los, mein Schatz, mon pauvre petit, was hast du?« Und die Hand, die er spürte, war die von Mademoiselle, doch sie hatte das Gewicht von Papas Hand, eine schwere, fast unerträgliche Last für seine kleine, schweißnasse Stirn.

Er tauchte unter ihr weg, wie er es in letzter Zeit oft getan hatte. Er hatte bisher nicht gewußt, wie gut man durch die Dinge hindurchschwimmen kann, statt sich an ihrer Oberfläche zu bewegen. Ja wirklich, er hatte vor einigen Monaten in einem belgischen Seebad Schwimmen gelernt, und seither betrieb er diese Kunst ungehemmt in seinen Träumen. Ein wenig Mühe machte es wohl, die Füße vom Boden zu lösen. Ja, eine Art Schwerkraft war noch in der Unterwasser- und Aquariumswelt wirksam, durch die er sich bewegte und die im übrigen der gewohnten Überwasserwelt vollkommen gleich war – wer hätte das gedacht? Vor allem, wenn ein Verfolger sich näherte und er fliehen mußte, was nur schwimmend geschehen konnte, hatte er Mühe, die Schwerkraft zu überwinden und seinen Körper in die erforderliche schwebende Waagerechte zu bringen. Meist war der Verfolger schon ganz nahe und die Gefahr am größten, wenn es ihm endlich gelang. Dann aber durchteilte er das Element mit kräftigen Stößen und schwang sich höher und höher und weiter und weiter. Schwamm oder flog er? Er schwamm durch die Luft. Unerreichbar. Gerettet.

Manchmal stellte er mit Entsetzen fest, daß er viel zu hoch war. Dann war er auch plötzlich nicht mehr sicher, ob ihn das Element tragen würde, und jäh erkannte er, es war Luft und nicht Wasser, was er durchschwamm, und jedermann weiß: In Luft kann man nicht schwimmen! Dann war sein Sturz unausweichlich. Eine Sache von einem Augenblick. Einem entsetzlichen Augenblick, in dem etwas mit ihm geschah, was nicht geschehen durfte, er fiel, fiel, fiel, und der gräßliche Schwindel, den er im Unterleib spürte, war gräßlich und erleichternd zugleich.

Es war also wieder etwas Verbotenes geschehen. Etwas Verbotenes und Abscheuliches, von dem Mama nichts wissen durfte. Bei Mademoiselle war es weniger schlimm. Sie holte eins von den Mädchen, und sie zogen sein Bett ab. Sie wusch ihn mit lauwarmem Wasser und fuhr ganz zart mit einem Schwamm über die unaussprechlichen Stellen an seinem Körper, von denen nicht einmal gesagt werden durfte, daß sie unaussprechlich seien. Sie hatten schließlich mit all diesen widerwärtigen, unvermeidlichen Dingen zu tun, über die man eben nicht spricht. Und wenn, dann in einer Babysprache, die deutlich macht, wie beschämend sie sind.

Carl hatte, wenn er an gewisse Gespräche mit Ernst dachte, das Gefühl, daß er noch längst nicht das ganze Ausmaß des Verbotenen kannte. Irgendwo, und er spürte es manchmal ganz in der Nähe, taten sich Abgründe des Verbotenen auf, von denen vielleicht nicht einmal Mama etwas ahnte, mit der dies alles sowieso nicht in Verbindung gebracht werden durfte. Für sie schien es ganz und gar ein Problem der Hygiene zu sein. Das hieß: Es gab zwei Schwämme zum Waschen. Der eine war für die »oberen«, der andere, in Form und Färbung etwas verschieden, für die »unteren Regionen« bestimmt. Sie durften um Himmels willen nicht verwechselt werden!

Und auch Papa, der selbstverständlich ein kinderzimmer- und küchenfernes Leben führte, schien darin ganz mit Mama einig zu sein und konnte über nichts ungehaltener werden als über Verletzungen der Gebote der Reinlichkeit. Er hätte zum Beispiel niemals aus demselben Glas wie Mama getrunken, und Kinder, die sich mit Essen beschmiert oder die Hosen vollgemacht hatten, waren in einer ersten Maßnahme zunächst einmal aus Papas Nähe zu entfernen. Oh, Carl wußte genau, daß seine Krankheit verboten und unanständig war. Sie stieß ihn aus der Familie aus. Sie machte ihn unrein. Wie konnte Mama sich mit ihren veilchenseifeduftenden Klavierhänden ihm wieder nähern? Sie lieferte ihn den Händen der Mädchen aus, die vor gar nichts haltmachten, vor gar nichts haltmachen durften, und unbekümmert um Schicklichkeit und Gestank sein Bett abzogen und seine »unteren Regionen« wuschen.

Einmal bei einer solchen Gelegenheit war es geschehen, daß eines der Mädchen – er konnte sich nicht mehr an sie erinnern, nur daß Mademoiselle dabei war, wußte er noch –, daß sie beim Waschen den Teil seines Körpers berührte, der am unaussprechlichsten, am unbenennbarsten war. Zwar gab es ein Wort dafür, doch dies Wort war so albern, so eindeutig für ganz winzige, ganz hilflose Kinder bestimmt, für den winzigsten, hilflosesten und lächerlichsten Teil an ihnen, daß er begriff, wie Mama sich geschämt haben mußte, daß er ein Junge war. War sie es überhaupt, die dieses Wort je benutzt hatte? Jedenfalls war er froh, daß sie keine, auch nicht die geringste Ahnung hatte von dem geheimen Eigenleben, das dieser Körperteil manchmal führte, und davon, wie wenig Ähnlichkeit er dann besaß mit dem überflüssigen, kleinen Wurmfortsatz, den sie kannte.

Das Mädchen berührte ihn, und zwar nicht mit dem Schwamm, was unvermeidlich war, sondern mit ihrer Hand. Sie nahm ihn zwischen ihre Finger, schüttelte ihn ganz leicht hin und her und sagte: »Wenn er groß ist« –

er wußte wirklich nicht, wie ihm geschah, und hörte sie ganz deutlich sagen: »Wenn er groß ist, wird er schon wissen, was er damit macht.« Dann fuhr sie fort, ihn zu waschen, und wusch ihm die Beine, und Mademoiselle trocknete ihn sorgfältig ab, und sie deckten ihn zu. Sie lächelten dabei einander an und lächelten auf ihn herab, und er lächelte zurück und schloß müde und selig die Augen. Jetzt erst begriff er langsam: Ja, er würde es wissen! Und etwas an ihm, das er selber und doch nicht er selber war, richtete sich langsam auf und wuchs und wuchs in ungläubigem Entzücken.

Er war also einmal sehr krank gewesen als Kind. Später erkrankte Carl nie mehr und hegte zeitlebens eine – wie er glaubte – gesunde Verachtung für kranke und kränkliche Menschen. Er seinerseits hatte Kinderkrankheiten – und Krankheiten waren in seinen Augen Kinderkrankheiten – in seiner Kindheit abgetan. Er war einer von denen, die Hunger, Krieg und Gefangenschaft überstehen und unterernährt zwar und abgekämpft, aber lebendig daraus hervorgehen. Er hatte eine entschiedene Vorliebe fürs Überleben und Menschen, die sich als fähig erwiesen hatten, zu überleben, und zählte sich selbst aus vollem Herzen dazu.

Victor war für ihn immer ein schwaches Exemplar von einem Sohn gewesen – kein Wunder bei der Mutter! – mit seinen schlechten Zähnen und seiner Brille und seinem Hang, in Frage zu stellen, was Carl für richtig und gut hielt. Er hatte ihm lange und oft genug in eindeutig pädagogischer Absicht aus seinem Leben erzählt und nicht begriffen, worauf Victors weitergehende Fragen abzielten.

Victor hatte immer und immer wieder versucht, in Carls Erzählungen den Rahmen des Anekdotenhaften zu sprengen. Aber es half nichts: Carls Leben bestand aus mehr oder weniger heiteren oder auch ernsten Begebenheiten, erzählbar, in sich abgeschlossen und pointiert. Carl war der Held aller dieser Geschichten, deren Inhalte sich wie selbstverständlich um ihn als den Helden herumgruppierten. Sie handelten von seiner Kindheit, dem strengen Vater, der gütigen, schönen und sanften Mutter, von dem prächtigen Haus, in dem nur treue und tüchtige Dienstboten wirkten und durch das ein angebeteter Engel schwebte in Gestalt einer Gouvernante, von Ausfahrten, Hauskonzerten, Familienfesten und Jagden, von denen Papa zurückkehrte, Eichenlaub am Hut, das er losmachte für Carl und ihm an sein Kinderhütchen steckte: Er hatte den Hirsch erlegt.

Auch später, als Papa nicht mehr in ihnen vorkam, gab es Anekdoten. Sie spielten in Carls Studentenzeit, kühne Streiche, ein bißchen anrüchig, aber das machte in ihnen nichts. Selbst die Frauengeschichten, an denen Carls voreheliche Zeit anscheinend nicht arm war, stellten sich als erzählbare Begebenheiten mit zumeist heiterer Note dar: Die Schwester eines Studienfreundes hatte sich einfach unsterblich, und wie sich später herausstellte, unwiderruflich in ihn verliebt und schrieb ihm, ein kleines Mädchen, das sich dann übergangslos zur alten Jungfer entwickelte, lebenslang Briefe, die in entsagungsvollen Schlußwendungen erkennen ließen, daß sie ihn niemals vergessen hatte. Sie wurden in späteren Jahren von Ruth beantwortet, die manchmal erbarmungslos aus ihnen vorlas. Ein anderes Mal war Carl fast mit einer ganz unwahrscheinlich reichen Erbin verlobt gewesen, die außerdem noch atemberaubend schön war, hatte ihr aber aus unerforschlichen Gründen den Abschied gegeben – Gründen, die um so unerforschlicher waren, als sich ihm hier doch anscheinend die Möglichkeit bot, sich an seinem Lebensproblem vorbeizumogeln, denn war sie nicht reich, phantastisch reich gewesen? Er hatte ihr kurzerhand eine andere Liebe vorgezogen. War das Charlotte? Nein, noch nicht.

Carl war eindeutig das Subjekt seiner Geschichten. Auch wenn sie noch so unvollständig und, wie es das Thema erforderte, nur andeutungsweise erzählt wurden: Er war es, der in ihnen handelte, der wählte und der verwarf. Viel hatte er hinter sich zurückgelassen. Frauen zum Beispiel. Sie säumten als Erinnerungen seinen Weg, und er konnte es sich erlauben, ihnen von weitem zuzuwinken. Sie antworteten mit einem koketten Lächeln.

Natürlich waren nicht alle seine Geschichten amüsant. Ein Teil von ihnen handelte von Krieg und Gefangenschaft. Sie wurden seltener, sehr selten erzählt. Er ließ sich bitten. Besonders von Victor, der sich eine Zeitlang brennend und irgendwie übertrieben dafür interessiert hatte. Carl sträubte sich erst, dann hörte er nicht auf zu reden, wenn er von der Nacht sprach, als neben ihm jemand an einer eishart gefrorenen Schneewehe lehnte und er ihn ansprach und fragte, ob er auch wach sei – und da schlief er nicht, sondern war tot. Erfroren, denn in dieser Nacht war es unter vierzig Grad minus gewesen. Weiß der Himmel, warum Carl davongekommen war. Er hatte es anscheinend nur in seiner Eigenschaft als Erzähler dieser Geschichte überlebt. Genau wie den Hunger, den Schmutz, die Schindereien und Krankheiten in den Baracken.

Es gab eine Zeit, in der Victor nichts mehr davon wissen wollte. Er hatte aufgehört, an Carls Geschichten zu glauben. Er glaubte nicht mehr an den Carl, der in ihnen vorkam. Es hätte ein anderer Carl sein müssen. Wie konnte er, der gesehen hatte, wie zwanzig oder dreißig die Grube aushoben, an deren Rand sie sich aufstellen mußten, um den Genickschuß zu empfangen, wie konnte er, ein Augenzeuge, derselbe sein, der in der Küche stand vor weit aufgerissenen Schränken und Kochtöpfe zählte. Zehn an der Zahl! Zehn Töpfe! Und Ruth hatte einen neuen gekauft. War das etwa nötig? Er hielt ihn, funkelnd, in seiner hoch erhobenen Hand, und nicht nur Wut, nein, Gram verzerrte seine Züge.

Wie aus Geschehenem eine Geschichte wird! Auslassen. Mit einem einzigen Anlauf über Abgründe springen. So wird aus dem Helden ein Held. Das meiste, was er erlebt hat, taugt nicht dazu, in der Geschichte vorzukommen, die sein Leben ist. Er ruft die Tauben herbei, und im Handumdrehen ist die Arbeit getan. Sortieren. Er ist unendlich erleichtert, wenn er den netten, sauberen Rest sieht, der übriggeblieben ist, und macht sich daran, seine Suppe zu kochen.

Wie ist es wirklich gewesen, Carl?

Wie ist es wirklich gewesen, Victor?

Ich war dabei. Wie soll ich es wissen?

Die Auslassung in Carls Leben. Das Schreckliche, über das er nicht sprechen konnte. Niemals. Kein einziges Wort. Der Abgrund, den er übersprungen hatte, der hinter ihm klaffte und gähnte. Er war noch ein Kind gewesen, neun oder zehn, und gerade von einer langen Krankheit genesen. Der Schuß in der Nacht, der durch dieses Haus hallte, laut, und die Fenster zum Klingen brachte, ein silbernes Klirren, sekundenlang, das alle beim Aufwachen hörten. Vielleicht hatte Carl auch gar nichts gehört, hatte nur im Traum leise gestöhnt und sich auf die andere Seite gedreht, als die Mädchen schon auf der Treppe waren, nicht einmal ein Tuch um die Schultern, und als Mama im Türrahmen lehnte, schwankend, getroffen von einem Ton, Halt suchend mit ihren Händen, und versuchte, sich vorzutasten auf den Gang, obwohl ihre Füße sie nicht mehr trugen. Sie stand einen Augenblick starr in dem Licht, das aus ihrem Zimmer drang, und die Mädchen im dunklen Treppenhaus sahen – und sprachen später darüber –, daß ihre Haare, zur Nacht aufgelöst, tatsächlich gesträubt waren, wirr und entsetzlich vom Kopf abstanden, und wußten nicht, daß sie selber gesträubte Haare hatten. Sie glaubten für einen Moment, daß sie die Getroffene war, denn sie schwankte jetzt wieder, und eines der Mädchen lief hin zu ihr und fing sie auf und stützte sie, während ein anderes, ohne zu wissen warum, zur Tür von Papa lief, sie aufriß, und sie war die erste, die sah, was geschehen war.

Jäger und Sammler

Johann Heinrich war einmal ein schöner Mann gewesen in seiner Jugend. Während seine Brüder früh heirateten, was jedermann für vernünftig und berufliche Erfolge begünstigend hielt, lebte er selber in seltsamer Unangefochtenheit und schien ausschließlich zwei Leidenschaften zu frönen: dem Geschäft und der Jagd. Er war so erfolgreich, so männlich dabei, daß niemand darauf gekommen wäre, nach weiteren Beweisen seiner Männlichkeit zu verlangen, und wenn eines geeignet war, seinen Ruf als phantastischer Liebhaber zu festigen, wie er auch ein phantastischer Jäger und Geschäftsmann war, dann die Tatsache, daß man ihn niemals, kein einziges Mal mit irgendeiner Frau in Zusammenhang bringen konnte. Er galt lange Zeit als die beste Partie weit und breit.

Als Clara ihn traf, war er schon Ende Dreißig. Sie war sechzehn. Sie hatte Stimmen im Zimmer ihres Vaters gehört und wollte so unauffällig wie möglich daran vorbeihuschen, als sie hineingerufen wurde, um dem Gast vorgestellt zu werden, der zum Abendessen, wer weiß, vielleicht über Nacht, wer weiß, vielleicht ein paar Tage, bleiben wollte.

Sie nannte ihn Onkel. Onkel Johann Heinrich. Er war ein Bruder ihrer Stiefmutter, und die Zugehörigkeit zur Generation der Eltern oder Kinder war bindend. »Clara, du kannst ruhig Heinrich zu mir sagen.« Der Boden unter ihren Füßen gab nach. Sie würde es niemals wagen.

Einfach Heinrich! Zu ihm! Und plötzlich war dieser Spaziergang, den sie mit ihm machte, ein ganz anderer Spaziergang. Sie fror. Sie zitterte etwas, und die Hände in ihrem Persianermuff rangen miteinander um Fassung. Sie hatte ihm den Blick auf das Dorf zeigen wollen, den man von einem Hügel aus hatte, der »Weinberg« hieß, obwohl hier schon lange kein Wein mehr angebaut wurde. Er hatte sie darum gebeten. Oder ihr Vater. Sie wußte es nicht mehr genau. Ihre Schritte, ihre und seine Schritte, knirschten im Schnee, und im Dorf unten bellten die Hunde, und andere Hunde, in weiter Ferne, antworteten ihnen und bellten zurück, und sie wußte, wie oft, nicht, ob es andere Hunde waren oder ein Echo. Sie sagte sich, sie dürfe ihre Gedanken nicht mehr so weit ab- und so ziellos umherschweifen lassen, sie müsse sie auf etwas Naheliegendes und sehr Wichtiges konzentrieren, aber sie wußte nicht auf was und kam sich sehr dumm vor und fürchtete, ihn nicht zu unterhalten, wie überhaupt schon lange die Angst, die sie beherrschte, die war, nicht amüsant zu sein. Darum las sie so viel und übte so fleißig auf dem Klavier. Sie hätte lieber weiterhin »Onkel« zu ihm gesagt.

Auf dem Heimweg nahm sie sich vor, sich von nun an so ähnlich zu fühlen, als wenn sie eine viel jüngere Kusine von ihm sei, und das half ihr ein wenig. Aber als sie vor der Tür standen und er den Klopfer schon in der Hand hatte, da hielt er ihn einen Augenblick fest, ohne zu klopfen, und sah sie an und sagte etwas über ihr Gesicht, das sie nicht verstand. Sie hatte es nicht erwartet und nicht verstanden und konnte doch nicht danach fragen. Es machte sie wieder sehr unruhig. Als sie im Haus waren, benahm sie sich etwas ungezogen. Sie ließ ihn stehen und rannte ohne ein weiteres Wort die Treppe hinauf in ihr Zimmer. Sie machte die Gaslampe an, und in ihrem kühlen und trüben Licht betrachtete sie sich im Spiegel. Natürlich wollte sie schön sein. Aber was hatte er denn gemeint?

Sie wartete darauf, daß ihre Stiefmutter sie, wie üblich, rief, um in der Küche zu helfen. Aber es kam nichts. Sie hörte, wie nach ihrer Schwester gerufen wurde, und wäre schon beinah freiwillig hinuntergegangen, als Papa an ihre Zimmertür klopfte und sie zu sich in die Bibliothek bat. Aber dann war Papa gar nicht da, und sie setzte sich hin, um auf ihn zu warten. Sie nahm ein Buch in die Hand, gedankenlos, wie sie Bücher immer zur Hand nahm, da hörte sie Schritte hinter sich und ein Räuspern in ihrem Rücken, und eine Stimme machte ihr deutlich und unmißverständlich und unüberhörbar einen Heiratsantrag.

Im Sommer besuchte sie ihren Verlobten, um seine Familie kennenzulernen. Sie wohnte bei einem seiner Brüder und dessen Frau, die beide aufpaßten, daß sie nie mit ihm allein war. Er selber lebte bei seiner Mutter. Man hatte es für schicklicher gehalten, sie unter verschiedenen Dächern unterzubringen.

Er kam gegen Abend direkt aus der Firma hierher und ließ sich in einen der Korbsessel fallen, die auf der Terrasse standen. Sein Bruder brachte ein Glas und Zigarren, und kaum hatte er eine angezündet, hörte er ihre Schritte. Sie lief noch, wie Kinder laufen. Sie ging nicht, sie rannte. Und es war tatsächlich geschehen, daß er bei den Schritten der kleinen Nichten und Neffen schon aufhorchte. Sie tobten in einer wilden kleinen Horde durch Haus und Garten, und wenn sie dabei war, dann legte er seine Zigarre hin und stand auf. Ihre Verwandlung geschah infolge der vielen Übung, die sie mittlerweile darin hatte, in einer Sekunde. Sie ging ihm nicht einmal entgegen. Sie blieb einfach stehen. Die Dame lehnte kokett und lässig an einem Baumstamm. Er ging auf sie zu und umfaßte ihre Schultern, manchmal auch ihr Gesicht, mit beiden Händen. Er drehte das Kleinod, das ihm gehörte, zum Licht und ließ es funkeln. Er war entzückt und hingerissen und hielt sie ein Stück von sich weg. Er konnte es kaum glauben und ließ ihr nicht die geringste Chance, daran zu zweifeln, daß es das war, worauf sie gewartet hatte: geliebt zu werden von einem Mann. Und es war geschehen, daß sie, überwältigt von etwas, das sie sich selber nicht erklären konnte – es war ganz einfach ... die Übermacht der Situation –, in eine Umarmung sank, aus der sie sich bald wieder löste. Denn, wie sie wußte und manchmal auch hören konnte, standen die Kinder hinter den Büschen und schauten zu, und von der Terrasse her rief sie die Stimme ihrer zukünftigen Schwägerin ins Haus, und sie folgte ihr.

Ja, sie war glücklich. Er war von hinten an sie herangetreten wie das Schicksal, und alles schien folgerichtig und in der Ordnung und gut. Die beste aller Möglichkeiten, die, wie sie schon wußte, nicht immer unbedingt eintritt. Sie war bereit. Sie war entschlossen, sich würdig zu zeigen. Das Schicksal, gebieterisch, aber gütig, es hatte die Richtige gewählt.

Die Hochzeit war bald und sehr feierlich. Es gab kaum jemanden, der nicht inbrünstig weinte. Die Stimme des Pfarrers – ihres Vaters – war so bewegt und bedrängt von nicht geweinten Tränen, die er sich in Ausübung seines Amtes nicht leisten konnte, daß sie die ganze Zeit betete – und das allein war es, was sie davor bewahrt hatte, laut zu schluchzen –, daß es bald vorüber sein möge.

Das Schicksal war auch zu mächtig. Es hatte sich einfach der fassungsvernichtenden Gewalt von Orgelklängen bedient, die durch ein Kirchenschiff dröhnten und eine Familienstruktur in Kraft setzten, die Generationen danach noch Gesprächsstoff lieferte und zum Nachdenken zwang:

Die Stiefmutter war nun die Schwägerin, der Vater der Schwager. Die kleinen Geschwister, Kinder der Stiefmutter, waren Nichten und Neffen und hatten Onkel und Tante und Bruder und Schwester in einem. Und die kleinen Nichten und Neffen, die sie bekommen würden, sie wären gleichzeitig Cousins und Cousinen, und der Pfarrer, der Vater der Braut und der Schwager des Bräutigams, wäre ihr Großvater und ihr Onkel. Je mehr die Hochzeitsgäste tranken, desto unwirklicher kam ihnen das Ganze vor. Sie wurden ganz wirr im Kopf und ganz schwindlig in ihren Gedanken, als wenn sich der Abgrund Unendlichkeit vor ihnen aufgetan hätte mit all seinen Rätseln und seinen Paradoxien. Und keiner wußte, ob er betrunken war oder nur stark bewegt. Und alle ergriff das Gefühl, sehr nah zu sein an den Quellen des Lebens.

»O Clara!« Johann Heinrich konnte es einfach nicht glauben. Wie war das möglich! Ja, es war möglich. Wer wußte das nicht? Und doch: Er hatte – und jetzt erst wurde ihm das bewußt – fest damit gerechnet, daß es nicht eintrat. Er fühlte sich schuldig, und gleichzeitig beharrte etwas in ihm auf seiner vollkommenen Unschuld. Was hätte er denn tun sollen! Schließlich war er ein Mann. Schließlich war sie – er hatte diesen Gedanken noch niemals zu Ende gedacht – seine Frau. Wie hätte er ihr diese ... befremdlichen Dinge, diese ... diese ... Manipulation zumuten können, die notwendig gewesen wären? Er hätte ihr etwas erklären müssen, etwas ... demonstrieren – undenkbar! Sie hatte ohnehin nur mit Mühe begriffen, was jemand ihr erklärt haben mußte – wer? Seine Schwester? Ihr Vater? Die alte Haushälterin? –, und wartete mit unendlicher Tapferkeit darauf, daß es geschah. Ihr Lächeln, mühsam und freundlich, mit einem ganz kleinen Anflug von Komplizenschaft, hatte ihm signalisiert, daß sie Bescheid wußte, und in dem rührenden Bestreben, ihm entgegenzukommen, mit dem sie ihm ihre zärtliche Liebe bewies, bedeckte sie sein Gesicht mit kindlichen Küssen und schreckte auch vor seinem Bart nicht zurück. Er konnte sie jetzt nicht enttäuschen. Er konnte ihr jetzt nicht etwas erklären, was alle Frauen, die er gekannt hatte, einfach wußten. Er hatte fast soviel Mut wie sie gebraucht, denn er wollte sie nicht verletzen, ihre Seele nicht, die ihm so zart und unschuldig schien, und nicht ihren Körper, der dann eben doch ein Frauenkörper gewesen war und unter steifleinenem Nachthemd bereitwillig darauf gewartet hatte, von ihm defloriert zu werden.

Die Höhepunkte auf ihrer Hochzeitsreise waren immer das Frühstück. Die eleganten Speisesäle eleganter Hotels, die sie Seite an Seite betraten, ein bezauberndes Paar, das sich mit Lust in den Spiegeln spiegelte und in den Augen des Hotelpersonals und der anderen Gäste. Er groß und stattlich und vom Erfolg gezeichnet und sie so zierlich und jung und entzückend. In Stockholm ließen sie sich vom Hofphotographen photographieren und standen vor einer gemalten Landschaft als das, was sie waren: ein schönes, ein sicherlich glückliches Paar.

Dann hatte der Photograph einen Einfall: Er wollte die junge Dame in einem Kostüm aus Lappland photographieren und war, ein Künstler, der von Ideen besessen ist, die einfach realisiert werden müssen, nicht davon abzubringen, obwohl Johann Heinrich ihm sofort zu Verstehen gegeben hatte, daß er keinen Wert darauf legte. Der Photograph hatte Clara schon eine Mütze aufgesetzt, unter der ihre Locken hilflos hervorquollen, und hüllte sie in ein Gewand, das weit geschnitten und bunt an ihr hinunterwallte und bis zum Boden reichte. Er drückte ihr einen Stab in die Hand, eine Art Hirtenstab, und nun sah sie vollends aus wie ein Kind, das in einem Krippenspiel auftritt. Sie war ein Kind. Sie war es. Und strahlend und kindlich sah sie zu Johann Heinrich hinüber, während der Photograph auf den Auslöser drückte, und wußte nicht, was ihm mißfiel und erschrak und war froh, als es dann vorbei war.

Während der ganzen Reise über Stockholm bis hoch in den Norden spürte er, wußte er, daß er ihre Nachsicht und Freundlichkeit auf eine harte Probe stellte. Sie mußte geglaubt haben, bei all ihrer Bereitwilligkeit und dem guten Willen mußte sie geglaubt haben, daß sie es hinter sich hatte, daß man es bei dem einen Mal bewenden läßt, zumindest vorläufig, zumindest für längere Zeit. Von jetzt an begriff sie ihn nicht mehr. Je zärtlicher er zu ihr war, und er hatte noch nie eine Frau so zärtlich, so rücksichtsvoll, so mit seiner Seele geliebt, desto weniger schien sie ihn zu verstehen. Sie hatte geglaubt, daß ihr Leben mit ihm eine Reihe von heiteren Tagen sein würde, an denen sie interessante und lustige Dinge zusammen erlebten, und sie würde von ihm lernen und lernen, und abends, müde von all dem Erlebten und einem Glas Wein, das sie neuerdings trinken durfte, läge sie in seinem Arm – ihr neues Leben schrieb Betten nebeneinander vor – und ließe sich Fragen von ihm beantworten, die sie noch hatte. Statt dessen verwandelte er sich jedesmal, wurde fremd und entsetzlich, und sein massiver Körper erdrückte sie fast.

Sie hatte einen keuchenden Riesen geheiratet, und je öfter er ihr beteuerte, wie sehr er sie liebte, desto mehr wuchs ihre Angst. Sie wollte nach Hause zurück, zu ihrer Familie, und wußte erst jetzt: Sie würde nie wieder frei sein von ihm.

Was ihr am meisten zu schaffen machte, war das Mitleid. Das Tier – und sie verhehlte sich nicht, daß es ein Tier war, was sie bedrängte –, das Tier hatte eine Seele. Es hielt sie ihr hin wie eine verwundete Pfote, die geleckt werden mußte: Hilf mir, du mußt mich lieben! Und sie bezwang ihre Angst und den Ekel. Sie griff in sein zottiges Fell und war so barmherzig, wie sie konnte: Ich tue ja, was du willst.

Es war eine weite Reise bei Tag und eine weitere noch bei Nacht gewesen, und sie erhoffte sich viel von dem Leben, das bei ihrer Rückkehr auf sie wartete, von der Alltäglichkeit und der Normalität. Sie wollte ein Haus einrichten, Kinder und Gäste haben.

»O Clara!« Er hatte das nicht gewollt. Wie sollte er ihr das erklären? Er wollte sie schonen. Er wollte nicht als derjenige dastehen, der ihr das angetan hatte. Sie war schwanger. Nein. Sie nicht. Er wußte nicht, welcher Ausdruck allenfalls zart genug wäre, um ihren Zustand zu bezeichnen: Sie war guter Hoffnung. Ein bißchen, so sehr er sich schämte bei dem Gedanken, daß nun alles offenbar werden würde: ihr zarter und leichter Körper schwer und verunstaltet durch ihn – ein bißchen fühlte er sich auch übergangen. Als hätte sie ohne ihn eine Entscheidung getroffen, zu der sie nicht befugt war. Als hätten sich hinter seinem Rücken heimliche Dinge abgespielt, von denen er doch hätte wissen müssen. Etwas war einfach geschehen, und er war nicht gefragt worden. Und er sollte sich freuen?

Er zog sich voll schwerer Gedanken, die sie, dazu war sie zu jung, nicht begreifen würde, und auch, ja irgendwie auch gekränkt und beleidigt in sein Zimmer zurück. Von da aus konnte er wirklich ihr Weinen nicht hören. Als sie mit roten, geschwollenen Augen zum Abendessen erschien, stand er schon wieder vor einer Situation, die er nicht beherrschte und nicht begriff. Sie hatte Kummer? Warum war sie nicht zu ihm gekommen? Er war es doch allein, der ihr helfen konnte.

Sie kapitulierte. Sie sammelte, heimlich und nur für sich selber, Entschuldigungen, die ihn entlasteten: Er war so lange allein gewesen! Er würde sich daran gewöhnen. Er hatte auch viele geschäftliche Sorgen, unendlich wichtige Dinge, von denen sie gar nichts ahnte. Und wenn das Kind erst da wäre, würde sich ohnehin alles ändern!

Es wurde ein Sohn, und er bekam seinen Namen: Ernst Johann Heinrich, ein Erbe von Wohlstand und Glück, seiner jungen und zarten, aber, wie sich herausgestellt hatte, erstaunlich gebärtüchtigen Mutter in den Arm gelegt, die vorsichtig mit den Lippen über sein kahles, von der Geburt deformiertes Köpfchen streifte und plötzlich die Stelle berührte, wo unter der Kopfhaut sein Blut pulste und sein weiches Gehirn lag. Sie weinte vor Glück und tat einen seligen Blick in eine selige Zukunft.

Während sein Vater im Nebenzimmer sich zum Ausgehen bereit machte. Dies war der Tag, an dem er sich der Welt als Vater vorstellen würde. Und als er das Haus verließ und dem Kutscher winkte, empfand er dann doch so etwas wie Stolz.

Der Weihnachtsbaum in der Halle. Hatte Victor früher ein Bild davon gesehen, oder kannte er ihn nur aus Carls Schilderungen? Er sah ihn vor sich. Es war der größte Weihnachtsbaum, den man sich vorstellen kann. Ja, einen größeren konnte es gar nicht geben. Und er war über und über mit Silberlametta behängt. Ganze Kartons voll Lametta waren notwendig, um ihn zu schmücken. Papa und der Gärtner, ein junger Mann, der Karl mit »K« hieß, den Hausmädchen nachstellte und Spaß machte mit den Kindern, sie standen abwechselnd auf der Leiter, die Karl von draußen hereinholte. Sie wurde sonst nur zum Obstpflücken benutzt und mußte von mindestens zwei Personen festgehalten werden, wenn man auf die höheren Sprossen wollte. Karl und das Mädchen, das aus der Küche gerufen worden war, weil Papa jetzt den Stern an der Spitze befestigen wollte, nutzten die hübsche Situation und standen flüsternd Gesicht an Gesicht, während der kleine Carl, Carl mit »C«, zu Papa hinaufstarrte, denn nichts auf der Welt konnte wichtiger sein als das, was Papa jetzt tat an der Spitze des Baumes. Er ragte über die Galerie hinaus, fast zwei Stockwerke hoch. Der ganze Hohlraum des Treppenhauses schien von ihm ausgefüllt zu sein. Ein Tannenbaum bis zum Dach! Jahr für Jahr lag sein Zauber in seiner Wunderbarkeit und seiner Größe.

Und dann geschah es einmal, daß er kippte! Papa war

zum Glück nicht mehr oben gewesen, als die Kettenreaktion eintrat, die von den Gefühlen Karls, des Gärtners, ihren Ausgang nahm, von den einsamen, kalten Nächten, die er in seinem zugigen Zimmer im Nebengebäude verbrachte. Alles war fertig gewesen. Karl und das Mädchen sollten die Leiter hinaustragen, und, seine Augen in ihren Augen und ihre Augen in seinen, hatten sie plötzlich die Kontrolle verloren, die Leiter fiel in den Baum, und der Baum fiel um und fiel beinah auf Papa, der zur Seite sprang und auf Mama prallte, die gerade hereinkam.

Sie haßte es, angerempelt, berührt zu werden. Sie haßte Unachtsamkeit, Unordnung und drohende Katastrophen. Sie haßte es, Weihnachtsbäume fallen zu sehen, wenn man ihr gleichzeitig auf den Fuß trat, und schrie, eine lodernde Flamme des Zorns im Angesicht von Personal und Kindern: »Mußt du denn jedes Jahr den Weihnachtsbaum umfallen lassen?«, und hatte Johann Heinrich gemeint. Der Baum lehnte mit traurig herabhängendem Lametta am Treppengeländer und hatte den Stern an der Spitze verloren. Sie brauchten alle einen Moment, um sich zu fassen, denn sie waren an Güte und Nachsicht gewöhnt, und machten sich schweigend daran, den Baum wieder aufzurichten. Er hatte ein paar abgeknickte Äste, was aber abends, als er im Schein seiner Kerzen stand, nicht weiter auffiel.

Victor, am Fuße der Treppe stehend, konnte den Baum vor sich sehen. Es war so lange vor seiner Geburt gewesen, und doch war es der Weihnachtsbaum seines Lebens. Der Baum aller Bäume. Keiner von denen, die er gesehen hatte, konnte sich daran messen. Sie waren nichts weiter als kümmerliche Nachfahren gewesen, vor allem seit der Zeit, als Ruth dazu überging, sie mit Äpfeln und bunten Holzfiguren zu schmücken statt mit Lametta. O nein, den eigentlichen Weihnachtsbaum hatte es vor seiner Zeit gegeben, und er stand hier, in dieser Halle.

Die Sekretärin kam wieder aus ihrem Büro. Sie hatte das Photo, von dem der Lehrer gesprochen hatte, gefunden. Es interessierte Victor gar nicht so sehr. Aber da sie so auffällig demonstrierte, daß sie sich über längere Zeit der Suche nach etwas gewidmet hatte, das ihn betraf, der hier doch nichts zu suchen hatte, betrachtete er es sehr lange und geriet währenddessen in die Schwierigkeit, etwas darüber sagen zu müssen.

Es war ein Gruppenbild, vor dem Haus aufgenommen. Eine Gesellschaft von 25 bis 30 Personen hatte sich auf den Treppenstufen vor dem Eingang aufgestellt. Ganz oben in der Mitte, von der offenen Haustür eingerahmt, stand eine junge Frau mit einem Kind auf dem Arm, einem Säugling im langen Taufkleid. Einer von den befrackten und bärtigen Männern, die um sie herumstanden, war vermutlich ihr Mann. Es war nicht zu erkennen welcher. Irgendwie sahen sie alle gleich aus mit ihren Uhrketten über gewölbten Bäuchen. Sie sahen wie Großväter aus und mußten doch zu ihrer Zeit die Väter gewesen sein. Junge Männer mit Leidenschaft, Witz und Tatendrang. Aber sie zeigten nichts von sich als ihre Würde, und wer keinen Bauch hatte, hielt sich doch wenigstens so, als hätte er einen.

Die meisten von ihnen sind nicht älter als ich, dachte Victor. Viele vielleicht sogar jünger. Aber es gab keine Gleichaltrigkeit zwischen Victor und diesen Männern, auch keine gedachte. Er war nie ganz, bis heute nicht, das Gefühl losgeworden, ein Junge zu sein und kein Mann.

Ein geschlechtsreifer Junge. Es war das unangenehme Gefühl seiner Insuffizienz, das er immer möglichst schnell unterdrückte. Am schlimmsten war es in der Zeit vor seiner Hochzeit gewesen. Christine, soviel war klar, sah in ihm einen Mann. Es war der Mann, den sie heiraten wollte. Sie hatte so etwas wie ein Recht darauf, daß er es war. Er selber ließ nichts unversucht, es zu sein. Er trug sich mit Plänen, in denen er es ganz eindeutig war. Er wollte sich selbständig machen, eine Beratertätigkeit ausüben. Er fühlte sich fähig zu allem, was Macht und Erfolg und Geld bringt – und doch: als er neben ihr saß im Zimmer des Standesbeamten, da war er ein Junge, verschämt und verlegen, und fühlte ganz deutlich den bösen Betrug, den er an ihr verübte.

Hatte sie etwas gemerkt? Hat sie ihn darum verlassen? Er hatte sich so bemüht. Als Corinna kam, glaubte er, daß nun alles so sei, wie es sollte. Aber dann war er irgendwie auf dem Gang der Entbindungsstation, wo er vor der Glaswand stand, hinter der man sie hochhielt, mehr Vater gewesen als später zu Hause. Für ihn hatte sich nichts geändert, nur für Christine. Er fühlte sich ausgeschlossen und träumte sich in eine Zukunft, in der sein Kind ihm entgegen laufen und an seinen Hals fliegen würde: »Papa!«, in der er endlich und endgültig Vater sein würde.

Undenkbar, daß die Männer auf diesem Photo das gleiche empfunden hatten. Sie waren schon Väter gewesen, bevor ihre Frauen Kinder bekommen hatten, und waren schon immer, schon als sie für dieses Bild posierten, Großväter gewesen. Victors Großväter, eine ganze Gesellschaft, die ihm entgegenblickte als ihrem Enkel, erwartungsvoll, streng und mit Würde.

Sie konnten sich's leisten, so reizende Frauen zu haben, anmutige, zierliche Wesen, und solche Häuser, auf deren Eingangstreppe ein ganzer Clan Aufstellung fand mit Schwägern, Geschäftspartnern und Cousins und Cousinen. Das Haus mußte auf diesem Bild ganz neu sein. Es fehlten die Rhododendronbüsche an der Vorderfront. Offenbar war der Park noch nicht angelegt. Ja richtig: Die Einweihungsfeier war gleichzeitig Carls, des Jüngsten, Taufe gewesen. Kommerzienräte und Bankpräsidenten seine Paten. Johann Heinrich – auch er ja nicht wirklich alt, Anfang Vierzig – auf dem Höhepunkt seines Lebens, seines Erfolgs, seiner Macht: dieses Haus, dieses reizende Wesen von einer Frau, drei Kinder und seine Beziehungen, enge und familiäre, zu einigen Einflußreichen, die dieses Bild demonstrierte, wie konnte es sein, daß derselbe zehn Jahre später – denn Carl war zehn und Johann Heinrich war um die Fünfzig, als es geschah – nichts anderes wollte als Tod und Vernichtung?

»Ein hübsches Bild. Eine nette, große Familie«, sagte Victor zu der Sekretärin. »Sie dürfen es haben. Wir können ja nichts damit anfangen hier.« Und sie schenkte es ihm, dem es eigentlich sowieso schon gehörte. Er steckte es in die Tasche und vergaß es dort und wußte später nicht mehr, wo es war.

Die Frau war vollkommen reizlos für ihn. Ihre Anwesenheit ging ihm auf die Nerven. Sie stellte ihn unter den Zwang, sich erklären zu müssen, dem Victor immer erlag. Zum Glück wußte sie ja schon: Er war Victor, der Enkel. Und selbstverständlich war er all das, was es einschloß. Er hätte, wenn Gründerjahre gewesen wären, ganz ohne Zweifel gegründet. Er ging davon aus, daß man es ihm ansah. Er hatte Jura studiert und war Anwalt geworden. Ein Nachfahre seiner Vorfahren. Ein später Nachfahre, der seine Hüttenwerke, die auf dem langen Weg von den Gründerjahren bis hierher verloren gegangen waren, nicht einmal vermißte. Er brauchte sie nicht. Er drückte sich anders aus. Und von Leuten wie dieser Frau hier wurde er immer verstanden. Er hätte sagen können: »Verlassen Sie dieses Haus. Sie wissen doch, es gehört mir. Ich will Sie hier nicht mehr sehen« – und sie wäre gegangen. Nicht ohne vorher zu fragen, ob sie vielleicht sonst noch etwas für ihn tun könne. Das war es, was ihn zum Sohn seiner Väter machte: Die Dinge fügten sich seinem Zugriff. Die Selbstverständlichkeit, mit der sie es taten – darin erkannte er sich als den, der er war.

Oder den, der er sein wollte? Der Zweifel war unerträglich. Er kam immer wieder und störte die Macht des Zaubers, an den geglaubt werden mußte, wenn er wirksam sein sollte. Es war wie bei jedem Zauber die vollkommene Abwesenheit von Zweifel, die unverwundbar machte, und in seinem Herzen, mitten in seinem Herzen, da saß der Zweifel wie eine Spinne im Netz: Wenn du aber gar nicht der bist, dem die Dinge sich fügen? Wenn du daran glaubtest, ja, dann wäre es so. Aber glaubst du es wirklich? Kannst du es wirklich glauben? Wie hätte Christine, wie hätte irgendeine Frau dich verlassen können, wenn es so wäre? Widersprich nicht, Victor, sie hat dich verlassen. Du weißt, daß es keine »Übergangslösung« ist. Sie kommt aller Voraussicht nach nicht zurück. Und es geschah gegen deinen Willen, Victor, gegen den aufbegehrenden, schreienden Protest deines Willens. Sie ist trotzdem gegangen. Du weißt doch: Nur starke, nur ganz und gar von Selbstzweifeln unangefochtene Männer dürfen Gewalt ausüben. Sie sagen: Du kommst sofort zurück! – und sie kommt. Wie von unsichtbaren Fäden gezogen. Aber man muß es schon vorher wissen, daß sie kommen wird. Eine andere Möglichkeit, nämlich daß sie einen Willen hat, über den du gar keine Gewalt hast, darf nicht im mindesten in Betracht gezogen werden. Sonst ist schon alles zunichte und, plötzlich ein Opfer von Wahnvorstellungen, hörst du ihr Hohnlachen, das sich in schauerlichen Echos entfernt.

Was willst du tun, Victor? Mit dieser Spinne im Herzen, die dich genußreich als Beute verzehrt? Dein Zauber bestand im Nichtbesiegtsein. Im Nichtbesiegtwerdenkönnen, das Nichtverlassenwerdenkönnen einschloß. Sie hat ihn zerstört. Der Bann ist gebrochen. Dem Mißerfolg, dem Verlassensein, der Erniedrigung öffnen sich Tor und Tür. »Du kommst sofort zurück!« Und sie kommt nicht. »Das Kind gehört mir! Corinna!« Sie trippelt auf niedlichen Kinderfüßchen hinter ihr her und schaut nur zurück, um zu winken.

Du hungerst. Doch keiner ist da, der zur Kenntnis nimmt, daß es ein Streik ist. Verlassene Männer essen im Restaurant. Mach keine Umstände, Victor. Du läßt dich ein bißchen verkommen. Hier fehlt ein Knopf. Da ist ein Hemd nicht gebügelt. Was soll das, Victor? Was soll es bedeuten? Daß du wirklich das hilflose Kind bist, das sie in dir verspottet? An was willst du appellieren? Du pfeifst auf der Trillerpfeife deiner Befehlsgewalt, und keiner gehorcht. Keiner eilt herbei, um dir zu dienen. Keiner gibt dir zu essen. Keiner näht deinen Knopf an. Keiner bügelt dein Hemd. Keiner kümmert sich um dich, Victor. Dabei bist du so allein, so verlassen, du schreist und schreist und schreist und kannst nicht begreifen:

Mama ist krank, und die Tanten und Großmütter sind im Garten und hören dich nicht. Eine war doch immer zur Stelle! Ihr könnt doch mich nicht allein lassen! Mich doch nicht! Mich!

Als der erkannt zu werden, der man ist. Der man eigentlich ist. Der man, wenn man richtig erkannt würde, wäre. Wie hatte Carl darum gekämpft sein ganzes Leben lang! Sein Handel mit Büroartikeln – das war nicht er. Er hatte ihn so vernachlässigt, so mit der linken Hand betrieben, daß jeder begreifen mußte: Es war ein Spiel, mit dem er sich die Zeit vertrieb. Es war nicht seine Domäne. Er drohte mehrmals Bankrott zu machen und hatte es kaum bemerkt. Natürlich wußte er es dann zu verhindern. Natürlich konnte ihm so etwas nicht passieren. Er war ein Großunternehmer. Jawohl. Das war er. Man wollte doch ihn nicht am Umsatz seiner Ersatzgeschäfte messen? Je älter er wurde, je mehr ihm versagt war, durch seine Erscheinung, sein Auftreten, seine weittragende Stimme zu imponieren, desto mehr klammerte er sich an das Bild eines Schornsteins, der in seinen Träumen aufragte und in einer Stadt, an der er manchmal vorbeifuhr. Von der Autobahn aus sah er ihn ragen, hoch, immer höher, so hoch, daß er alles unter sich ließ und in die Luftschichten vorstieß, die weit oberhalb der bewohnbaren Menschenwelt lagern, dunstig und gelblich. Denn es war eine Industriestadt, und Schornsteine gab es hier viele. Nur war keiner so hoch, so wunderbar hoch wie dieser. Er hatte Johann Heinrich gehört.

Wenn Carl ihn sah, geriet er in eine Erregung, die lange anhielt. Dann konnte er nicht mehr schweigen. Er sprach tagelang von dem Haus und der Größe des Parks, in dem mehrere Gärtner das ganze Jahr über beschäftigt gewesen waren, und wie sein Vater zur Elchjagd nach Schweden und wie er zur Rotwildjagd nach Polen fuhr. Ganz nebenbei ließ er Namen fallen von ehemals Reichen und Einflußreichen, mit denen er nahe verwandt und bekannt war. Aber keiner verstand ihn. Niemand kannte sie mehr.

Und als er noch älter wurde, noch weniger Herr seiner selbst war, da wandte er sich an Taxichauffeure und Raumpflegerinnen, an alte Rentner auf Parkbänken, neben die er sich setzte, und lud die Last seiner Erinnerung ab. Hier konnte er endlich so deutlich werden, wie er es wollte. Hier wurden keine versteckten Andeutungen von ihm erwartet. Sie sahen ihn freundlich und verständnislos an, und das war es, was er brauchte. Er hatte ihnen ja eben erklärt, daß er nicht als einer der Ihren betrachtet zu werden wünschte.

Eins war ihm geblieben: die Jagd. Er war einfach Jäger. Das bedurfte keiner Erklärungen und keiner Worte. Bis zu der Nacht, in der er in pathetischer Einsamkeit an seinem Schreibtisch zusammenbrach und nichts als ein Füllfederhalter dagewesen war, um ihn zu stützen, bis dahin ging er regelmäßig zur Jagd. Wie sein Vater es getan hatte bis zu dem Tag, als er starb.

Johann Heinrich hatte am Mittag das Haus verlassen, bewaffnet und herrlich wie immer. Er trug hohe Lederstiefel, einen pelzgefütterten grünen Mantel und eine braune Pelzmütze auf dem Kopf. Denn es war ein naßkalter Wintertag und die Äcker lehmig und schwer, zu denen der Kutscher – er wurde immer noch Kutscher genannt, obwohl er längst ein Chauffeur war – ihn hinausbringen sollte. Carl schien es später, als wenn er damals nicht größer als die Stiefel gewesen wäre, aus denen Papa über ihn hinauswuchs, ein grüner Hüne. Aber er war schon zehn und mußte ihm mindestens bis zum Magen gegangen sein, wenn er auch klein war und Papa von einer Größe, der er niemals nachwachsen würde. Papa trug einen Drilling über der Schulter. Carl kannte sich aus. Er hatte im stillen gehofft, daß Papa ihn heute mitnehmen würde. Aber er wagte ihn nicht zu fragen. Außerdem würde Mama nicht einverstanden sein. Seit er krank gewesen war, hatte sie ständig Angst, er könne sich erkälten. Papa strich ihm über den Kopf, wie er es oft tat, und sagte, indem er zum Wagen ging, der vorgefahren war: »Geh schnell ins Haus, Carl, das nächste Mal nehme ich dich mit.« Und Carl war glücklich, obwohl er zu Hause bleiben mußte. Papa hatte ihn verstanden!

Als er sich umdrehte und ins Haus gehen wollte, nachdem der Wagen abgefahren war, stieß er an Mademoiselle. Sie hatte hinter ihm gestanden. Warum hatte sie nichts gesagt? »Ihr braucht keine Angst zu haben, daß ich mich erkälte. Ich bin wieder ganz gesund.« Er wollte ihren Vorwürfen zuvorkommen. Sicher hatte Mama sie geschickt. Aber sie antwortete ihm nicht und ging merkwürdig stumm vor ihm her. Er achtete nicht weiter darauf. Er hatte Papas Worte im Ohr. Ich nehme dich mit. Das nächste Mal nehme ich dich mit.

Seine Gewehre gehören jetzt mir, dachte Victor. Sein Jagdtagebuch mit den Eintragungen, von denen die letzten nicht viel älter als ein Jahr waren. Seine Patronentasche und all das Zeug, das Victor nicht brauchte. Carls Waffen, unter denen noch einige Heiligtümer waren, die Johann Heinrich gehört hatten. Was sollte er damit?

»Ich bin kein Jäger«, hatte er Carl erklärt. Der verstand nicht. »Ich will kein Jäger sein.« Als wenn er schwerhörig wäre. Er konnte es nicht verstehen. Sein Sohn sein bedeutete ein zukünftiger Jäger sein. Es war in der Zeit, als Victor mit der Unbeirrbarkeit dessen, der nicht mehr liebt, für alles eine Erklärung gefordert hatte. Argumente, logisch und einsehbar. Nicht einmal Carl konnte sich dem widersetzen.

Was für ein Grund sprach dagegen, nach Gründen zu forschen? Carl spürte deutlich den kalten Luftzug der Zurückweisung in dieser Haltung. Doch er war machtlos dagegen. Er unternahm den Versuch, seinem Sohn zu erklären, was nicht zu erklären ist: die Notwendigkeit der Jagd. Sie liegt in der Freude zu töten. Laß mich ausreden, Victor. Es ist ein freudiges Töten. Kein Haß, nicht der mindeste Haß ist im Spiel. Du zielst und triffst, und das Glück, das du empfindest, ist unermeßlich. Natürlich mußt du treffen. Das ist Bedingung. Nicht getroffen zu haben – das ist das einzige Argument, das gegen die Jagd spricht.

Natürlich sagte er andere Dinge zu Victor, der damals sechzehn oder siebzehn gewesen sein muß, ein erfahrener Treiber auf Treibjagden, wo er, in jeder Hand ein paar erlegte Fasane, Carl zuarbeitete, wie er es von ihm gelernt hatte. Er war reif für die Teilnahme an einem Lehrgang, um den Jagdschein zu machen. Seine Weigerung kam aus heiterem Himmel. Carl sprach vom Hegen und Pflegen, vom Abschuß entarteter, lebensunfähiger Stücke. Wenn man ihm zuhörte, schien es, als ob das Wild, das er schoß, ihm als seinem Schöpfer sein Leben verdankte. Er mußte es töten, weil es ihm wie dem Schöpfer selbst um die Erhaltung der Art ging. Kein

Gott, der das Ganze im Blick hat, kann sich auch noch um das einzelne kümmern.

Victor weigerte sich. Er wollte nicht jagen. Er wollte nicht töten. Er hatte schon jetzt eine höhere Stufe der Zivilisation erklommen. Er wollte nicht Carl sein.

»Du bist wie dein Vater!« Christine war außer sich gewesen, als sie ihm das entgegenschrie. Sie hatte ein Glas umgeworfen und achtete nicht darauf und war so häßlich in der Wut, mit der sie ihn anstarrte, so froschäugig häßlich, daß er in ihrem Sinne zu handeln glaubte, wenn er auf ihre Worte nicht einging. Sie wußte ja nicht mehr, was sie sagte. Sie würde zur Besinnung kommen und zur besseren Einsicht. Wie lächerlich! Victor und sein Vater! Ein größerer Gegensatz war gar nicht denkbar.

Sie hatte schon längst die Tür zugeknallt, als er immer noch dasaß und ihren Satz im Ohr hatte. Sie wollte ihn verletzen. Sie wollte ihn einfach verletzen. Weiter nichts. Es hatte nichts zu bedeuten. Aber er konnte es nicht vergessen, und ihr nächster Streit zwei oder drei Tage später, nahm seinen Ausgang von diesem Satz. »Kannst du mir sagen, was du damit gemeint hast? Wieso bin ich wie mein Vater? Das meinst du doch nicht im Ernst!«

O doch. Diesmal ließ sie ihm keine Chance, an ihrer Zurechnungsfähigkeit zu zweifeln. Sie knallte die Tür erst hinter sich zu, als alles gesagt war.

Irgendein furchtbares Mißverständnis war wirksam. Eine Verwechslung. Wie war das möglich? Seit wann war das möglich? Sie kannten sich seit zehn Jahren. Christine hatte freiwillig, vollkommen freiwillig – er würde sie noch einmal darauf ansprechen: das, wenigstens das müßte sie doch bestätigen können –, sie hatte freiwillig darauf verzichtet, zu arbeiten, als das Kind kam. Sie hatte doch, sie selbst hatte vorgeschlagen, daß sie vormittags in seiner Praxis arbeiten könne, seit Corinna den Kindergarten besuchte. Sie konnte doch wirklich nicht mehr diese anstrengenden Konzerttourneen mitmachen, die oft vierzehn Tage und länger gedauert hatten. Und wenn: Sie hatte niemals gesagt, daß sie es wollte. Wahrscheinlich würde man sie nach so vielen Jahren auch gar nicht wieder engagieren. Was sollte das also heißen, er sperre sie ein? War er nicht jeden Mittwochabend, wenn sie in ihrem Kammerorchester spielte, zu Hause geblieben und hatte das Kind gehütet? Obwohl Corinna an diesen Abenden schlief und es ganz und gar nichts für ihn zu tun gab. Er hatte sich meistens, von unbezähmbarem Hunger befallen und voller Sehnsucht nach einem Essen im Restaurant oder sonst einer Möglichkeit auszugehen, ein paarmal im Kühlschrank umgesehen und nichts entdeckt, was ihn reizte, bevor er den Fernseher angestellt hatte und einschlief. Christine fand ihn dann bei ihrer Heimkehr im Sessel liegend und schwer vom ersten Schlaf, aus dem sie ihn weckte, umgeben von Spuren und Überbleibseln einer wüsten, zusammenhanglosen Mahlzeit.

Was also warf sie ihm vor? Natürlich hatte er seinerseits oft abends Verpflichtungen. Natürlich konnte er sie nicht immer mitnehmen – es mußte ja einer wegen des Kindes zu Hause bleiben. Hatte sie nicht selber gesagt, daß ein Babysitter zu teuer sei? Er verstand sie nicht mehr. Er behandele sie wie ein Ding, eine Sache, seinen Besitz? Wie konnte sie so etwas sagen? Ahnte sie denn überhaupt nicht, wie sehr er sich nach ihr sehnte? Auch wenn sie da war? Wie sehr der Gedanke ihn beruhigte, daß sie da war? Daß sie zu Hause war, wenn er es nicht war? Er sah sie in seinen Gedanken: Sie brachte das Kind ins Bett. Sie saß im Sessel und las oder strickte, und ein bißchen wartete sie auf ihn. Er hätte es schwören können: Ihm wurde das Herz warm bei diesem Gedanken, und wenn er jemals zu lange fort geblieben war, wenn er sich jemals etwas länger als unbedingt notwendig oder auch etwas weniger notwendig als unbedingt notwendig aufgehalten hatte, wo sie nicht dabei war, dann war es auch – wie konnte er ihr das erklären? – um dieses Gefühls willen geschehen: Er sehnte sich – vollkommen ruhig, vollkommen angstfrei – nach ihr (vorausgesetzt, sie war zu Hause). Es war das Gefühl von Heimat, das nur der haben kann, der nicht daheim ist.

Er hatte es auch, wenn er mit anderen Frauen schlief: Keine war wie Christine, weil sie allein *seine* Frau war, und mitten im Liebesakt genoß er seinen Fehltritt als Fehltritt (vorausgesetzt, sie war zu Hause) und spürte – ja spürte in diesem Moment –, daß er ihr eigentlich treu war.

Darum tat er gut daran – wie sollte er ihr das erklären? –, ihr niemals etwas davon zu sagen, zu leugnen, solange es ging. Es zählte nicht. Sie hätte das nicht verstanden. Sie hätte geglaubt, er wäre ihr wirklich nicht treu, wenn er ihr nicht treu war. Darum gab er niemals etwas zu. Niemals. Er tat es aus Schonung, aus Zartgefühl. Es gibt Situationen im Leben, wo eine Lüge die eigentliche Wahrheit enthält. Wer wüßte das nicht? »Wie kannst du glauben, daß ich dir nicht treu bin!« Sie glaubte es trotzdem. Ihr Mißtrauen machte ihn krank. Und es war ungerecht, einfach ungerecht, daß sie ihm nicht traute. Es war eine Zurückweisung, eine Beleidigung für ihn. Es sprach so viel Lieblosigkeit aus ihrem Verhalten, wenn sie ihn – er kam spät nach Hause, und sie lag schon im Bett, und er dachte, sie schliefe, wenn er sich vorsichtig, ganz vorsichtig auszog – aus ihren Kissen heraus, nach deren Wärme er sich den ganzen Abend gesehnt hatte, fragte: »Wo bist du gewesen?« Er kämpfte gerade mit seinem Hemd, das er, statt es ganz aufzuknöpfen, über den Kopf zog. »Wo bist du gewesen und mit wem und warum so lange?« Ihre Stimme gepreßt und trotz des Flüstertons so voller Haß, daß er die Enttäuschung wie eine körperliche Erschlaffung und zugleich mit seiner Müdigkeit fühlte. Ach, es gab keinen Ort in der Welt, wo er Ruhe fand, nicht einmal hier. Wie müde er war. Wie müde.

Und Frauen waren nie müde. Nie! Ein furchtbarer Gedanke. Er hatte es mit einem Freund durchgesprochen. Keinem Freund, mehr einem Kollegen, einem Bekannten. Sie hatten zusammen an einer Theke gestanden und mit so tiefer, gemeinsamer Melancholie, daß sie in diesem Augenblick tatsächlich Freunde waren und es von da an auch irgendwie blieben, ihre Köpfe geschüttelt, die über den Biergläsern hingen: Eine Frau kann so viele Männer schaffen, wie sie will! (Sie hatten sich zu dem nüchternen Abstand gezwungen, zu dem nur die Entsagung befähigt, und von »Beischlaf« gesprochen.) Darin liegt das Geheimnis ihrer Untreue, ob sie sie ausübt oder nicht. Sie ist untreu von Natur aus.

Wie anders dagegen ein Mann. Er ist von Natur aus beschränkt. Er ist treu von Natur aus! Darum zählt es auch nicht, wenn er es nicht ist. Ein Seitensprung! Welch eine kleine, unbedeutende Korrektur an dem Schicksal, das ihn zu unverbrüchlicher Treue verdammt. Das ihn Abend für Abend in dasselbe Bett fallen und auf ihren

Atem lauschen und im Dunkeln noch das Zucken ihrer Lider wahrnehmen läßt: Schläft sie? Seine Qual, seine Plage, der schreiende Vorwurf, der ihn durch sein Leben verfolgt: Wo bist du gewesen und mit wem und wie lange und warum warst du nicht hier? Sie schläft nicht. Sie schläft niemals. Sie richtet sich auf, drohend und unersättlich in ihrem Anspruch und dem furchtbaren Zorn über seine Unerfüllbarkeit. Und er macht sich daran, sie zum Schweigen zu bringen, verzweifelt und ohne Hoffnung, daß es ihm jemals gelingt.

Zwei Männer an einer Theke. Wie kann eine Frau glauben, daß etwas anderes als die Verzweiflung sie hier festhält? Wie kann sie glauben, daß etwas anderes als der Gedanke, daß sie zu Hause ist, ihnen hier Trost bieten kann? In kindlicher Hoffnung lassen sie ihre Blicke auf den fast unbedeckten Brüsten der Kellnerin ruhen, und beide denken gleichzeitig: Ist sie es vielleicht, die Frau, die genug hat, wenn einer von ihnen als letzter von ihr heruntersteigt? Sie sehen sich an, ein bißchen, als hätte hier jemand einen schlechten Witz gemacht, der aber durchaus im Rahmen bliebe, und sie können kaum an sich halten, sich nicht in die Arme zu fallen und einer am Hals des anderen auszuweinen: »Es ist nicht gerecht! Es ist einfach nicht gerecht, wie die Natur das gemacht hat! Die Schwachen mit Omnipotenz auszustatten, die sie gar nicht gebrauchen können. Und den anderen – uns gibt sie diese unvollkommene Ausrüstung mit auf den Weg. Und dann sagt der Gott noch: Mach sie dir untertan! Herrsche! Und spottet über unsere Angst und über unser Entsetzen.«

Zugegeben: Sie waren betrunken gewesen. Er wußte auch nicht mehr genau, was gesprochen worden war an diesem Abend. Auch konnte er sich nicht mehr erinnern, nicht genau jedenfalls, was geschehen war. Er wußte nur eins: Seine Angst, nach Hause zu kommen, war nie so groß und der Streit, den er mit Christine hatte, nie so entsetzlich gewesen.

»Du bist wie dein Vater! Ich bin nichts weiter als ein Besitz für dich! Ein Besitz! Ihr könnt nicht genug kriegen! Alles müßt ihr einfach haben!«

Es war geschehen, was er schon immer befürchtet hatte: Sie war zur Furie geworden. Das »Ihr« war es, was ihn schmerzte, dies Wort, mit dem sie Carl und ihn in einem Atemzug nannte.

Er zwang sich zur Ruhe. Er war der Mann, der ruhig bleibt, wenn eine Frau durchdreht. Er war so beschäftigt mit dieser Aufgabe, die Konzentration und Anstrengung erforderte und ihm das Gefühl gab, schließlich doch der stärkere zu sein, daß er tatsächlich nicht in Wut geriet, solange sie nicht wieder von Carl anfing. Er wußte: wenn sie ihn jemals dazu brachte, sie anzugreifen, es würde aus Notwehr geschehen.

Er blieb stumm. Er antwortete ihr nicht mehr, bis sie endlich, eine mißhandelte Bettdecke hinter sich herschleifend, aus dem Schlafzimmer lief. Und später erfuhr er: Gerade das war es gewesen, was seine Boshaftigkeit, seine Kälte und Grausamkeit an den Tag brachte. Sie litt, und er nahm es nicht ernst. Er nahm es nicht einmal wahr. Es war ihm gleichgültig. Er begann zu begreifen, daß etwas in Gang gesetzt war, was weder er noch sie aufhalten konnte und was auf ein Ende zusteuerte, das weder er noch sie kannte, und beide würden sie später dem anderen vorwerfen, daß er es herbeigeführt habe.

Zwei Tage später – sie hatten kaum miteinander gesprochen, obwohl er ganz unbestreitbar an beiden Abenden zu Hause gewesen war – war sie verschwunden. Er hatte es eigentlich nicht anders erwartet und schon beim Betreten des Hauses gewußt: Es war ein verlassenes Haus. Er ging durch einen verlassenen Flur in eine verlassene Küche und nahm eine angebrochene Flasche aus dem Kühlschrank. Das also war es, was auf sie zugekommen war wie ein Unglück, das einen von außen trifft: ein Unfall, ein Erdbeben, eine Flutkatastrophe. Der Tag, an dem es geschehen wird, rückt näher und näher, und wenn es passiert, tritt es mit einer Notwendigkeit ein, die schon immer bestand: Er war ein von seiner Frau verlassener Mann.

Er war schon einmal in diesen Abgrund gestürzt. Das Eintreffen dessen, wovor man Angst hat, ist immer ein Wiedererkennen. Aber er wußte nur von dem Gefühl des Verlassenseins, nichts von den Umständen, die es begleitet hatten. Vor allem: Wer hatte ihn verlassen? Dies war doch einzigartig und neu. Wer hatte ihm jemals vorher schon so etwas antun können? Er war ganz sicher, daß alle Verhältnisse, die er jemals mit Frauen hatte, von ihm beendet worden waren, nie von den Frauen. Er dachte bis in seine Kindheit zurück: Wie hatte man ihn geliebt! Er hatte sogar oft hart sein müssen, ganz gegen seinen Willen zu Schonung und Rücksichtnahme. Und schon seinen Müttern – er dachte zärtlich im Plural an sie – konnte er die vielen Abschiede nicht ersparen. Sie wischten sich immer wieder mit ihren Schürzenzipfeln die Augen und winkten und winkten ...

Hatte er nicht – wie lange schon war ihm diese Geschichte nicht mehr durch den Kopf gegangen – einmal zwei Frauen geliebt? Und beide gleichzeitig? Und beide vollkommen und treu? Und war es ihm nicht – aus Rücksichtnahme – unmöglich gewesen, eines der beiden Verhältnisse zu beenden? Es war die Zeit, als er sich auf sein Assessorexamen vorbereitete, und er war selten so glücklich gewesen und so produktiv. Er war nicht glücklich, weil er zwei hatte, sondern mit jeder einzelnen war er glücklich. Und weil sich alles so fügte – sein Leben fiel wie eine Frucht in zwei reife, saftige Hälften, und eine freundliche Macht waltete über seinen Tagesabläufen, in denen sich alles wie von selbst arrangierte –, hatte er eine Zeitlang, und später nie wieder, das Gefühl, daß er und das Leben, das er führte, ein und dasselbe seien. Er war der Mittelpunkt eines herrlichen, strahlenden Festes und machte sein Examen mit »Sehr gut«.

Kurz darauf feierte er mit der einen, die nicht Christine war, eine offizielle Verlobung. Sie war die Jüngere von beiden, nicht älter als neunzehn, und wohnte noch bei ihren Eltern. Und mit der anderen, die Christine war, mietete er in einem weitabgelegenen Stadtteil eine gemeinsame Wohnung. Ein erster, unbedeutender Schatten fiel auf sein Glück, das plötzlich mit Schwiegereltern und Wäscheaussteuer auf der einen und Mietverträgen und Möbelkäufen auf der anderen Seite verknüpft war. Er fühlte sich überanstrengt, obwohl sein Examen vorbei war und er eigentlich nichts tat, als einem nun schließlich doch drohenden Unheil aus dem Weg zu gehen.

Er kam eines Tages von einem harmlosen Einkauf zurück – er hatte in dieser Zeit einen Hang zu harmlosen Verrichtungen: Einkaufen, Staubsaugen, Stellengesuche aufsetzen –, da stand sein Schwiegervater vor der Tür. Es war die Tür des Hauses, in dem er mit der anderen, die

Christine war, wohnte. Er durfte die Tochter dieses Mannes nie wiedersehen und hatte sich zur Buße – denn er sah ein, daß es etwas zu büßen gab – niemals mehr erlaubt, überhaupt noch an sie zu denken.

Er bot Christine bereitwillig an, sich in Luft aufzulösen. Es schien ihm folgerichtig und konsequent, auch auf sie zu verzichten. Sein Schwiegervater, der keiner mehr gewesen war, als er vor der Tür stand, hatte sie schon ausführlich in Kenntnis gesetzt und erkennen lassen, daß er ihre Empörung, wie sie sich auch immer äußern möge, durchaus verstand. Doch Christine hatte sich nicht empört. Sie hatte ihn aufgefordert zu gehen, so daß er gezwungen gewesen war, Victor auf der Straße, vor dem Haus hin- und hergehend, zu erwarten. Er hätte lieber im Sessel gesessen in Victors Wohnung, am Ort seiner Verfehlungen und gesehen, wie dieser zur Tür hineingekommen und vor Bestürzung erstarrt wäre bei seinem Anblick.

Christine hatte ihn abgeschüttelt und alles, was er ihr hinterbrachte. Victor hätte leugnen können. Er begriff es zu spät. Sie hatte dem Mann nicht geglaubt. Das heißt: er wußte es nicht. Er bekam es nie ganz heraus. Es war zweierlei möglich: Daß er sich ihrer Unschuld, die so etwas einfach nicht für möglich hielt, oder ihrer Großmut verdankte. Sie wollte darüber nicht sprechen. Er war jedenfalls noch am selben Abend ein anderer Mensch geworden. Seine Identität als Ehemann war geboren. Er hatte keine Wahl mehr. Die Entsagung war eine Gnade, die ihm zuteil wurde. Wenn er, unstet von Natur aus, ein Flüchtling auf Erden, überhaupt Anspruch auf ein Heim hatte, dann war es das, aus dem sie ihn nicht hinauswarf. Sie hatte einen unendlichen Vorsprung an moralischer

Größe und unter Beweis gestellter Liebe vor ihm. Es war nach diesem Abend ganz klar, daß er sie bald heiraten würde. Und daß sie sein Leben lang die Richtige statt der Falschen, die eine Richtige statt der unzähligen Falschen wäre.

Es blieb dabei.

Clara im Herrenzimmer

Victor fragte sich, welcher Raum das Herrenzimmer gewesen sein könnte. Es mußte zu ebener Erde gelegen haben, da es zu den Räumen gehörte, in denen man Gäste empfing, die niemals die Treppe nach oben betraten. Im Herrenzimmer, das manchmal auch Jagdzimmer hieß, waren es ausschließlich männliche Gäste. Der Schrank, in dem Johann Heinrich seine Waffen aufbewahrte, stand hier. Er würde später Carl gehören, der sich niemals von ihm trennte. Ein dunkelgebeiztes Monstrum auf mächtigen Füßen, die, eine Mischung aus Pfoten, Krallen und Klauen, zu irgendeinem Fabelwesen gehörten, das sich als Schrank getarnt hatte, um diesen Raum zu bewohnen. Obenherum gab er sich harmloser. In der oberen Hälfte der Türen hatte er infolge eines unglaublichen Stilbruchs ovale Augen aus geschliffenem Glas, die aber nichts von seinem Innern preisgaben, so sehr auch der kleine Carl, der auf einem Stuhl stand, den er herangeschoben hatte, sein Gesicht daran preßte.

Er wurde aus diesem Zimmer gejagt, sobald man ihn dort entdeckte. Es war nicht nur den Frauen, sondern auch den Kindern verboten, es zu betreten, und wenn Papa sich darin aufhielt und die Tür offenstand, dann schlich Carl auf Zehenspitzen heran und warf einen heimlichen Blick auf das, was das schönste war im Herrenzimmer: der Kopf eines Rehbocks über der Stirn des Schrankes. Denn trotz der vielen Trophäen im Treppenhaus war dies etwas Einzigartiges, der Bock aller Böcke, so schön, so edel, so makellos. Und aus dem Dunkel des Zimmers blickte er Carl an mit Augen, die so geheimnisvoll, traurig und unendlich teilnahmslos waren, wie Rehaugen sind. Obwohl er nicht einmal echt war, sondern aus Holz geschnitzt, blieb er zeitlebens für Carl der Inbegriff dessen, wonach er jagte, sein Ziel, seine Beute, und keiner der Rehböcke, die er erlegte, reichte jemals ganz an ihn heran.

Wie oft hatte er Papa gebeten, den Schrank für ihn zu öffnen. Aber er hatte verstanden: Die ganz erlesenen Genüsse im Leben zeichnen sich auch durch ihre Seltenheit aus. Und Papa dosierte Entgegenkommen und Erfüllung von Wünschen sehr sparsam. Ja, es gehörte zu der Liebe, mit der man Papa liebte, daß man das wußte und auch wußte, daß es vergeblich war, auf mehr zu hoffen. Aber dann und wann war es geschehen: Carl hatte einen Blick – einen viel zu kurzen, der seine Begierde nur entfachen und niemals befriedigen konnte – in das Innere des Schrankes getan. Er hatte mit vor Verlangen zitternder Stimme um mehr gefleht: »Darf ich sie anfassen, Papa? Bitte! Darf ich einmal eins anfassen?« Und Papa hatte schnell den Schrank wieder zugemacht: »Ein anderes Mal, Carl, ein anderes Mal«, und ihm eine leere Patronenhülse geschenkt, die ihn, obwohl er Papa nichts davon merken ließ, bitter enttäuschte.

Er gab nicht auf. Er merkte wie die Hunde sofort, wenn Papa Anstalten machte, zur Jagd zu gehen. Dann trieb er sich möglichst unauffällig in der Nähe des Herrenzimmers herum und versuchte den Augenblick abzupassen, in dem er wie zufällig gerade vorbeikam, wenn Papa, schon in Stiefeln, das Zimmer betrat, um den

Jagdschrank zu öffnen. Mit gespannter Aufmerksamkeit versuchte er zu erkennen, was alles Papa so schnell in den Taschen seines Jagdrockes verschwinden ließ. Manchmal gab es etwas zum Wagen hinauszutragen, der draußen schon vorgefahren war, und es kam auch der Tag, an dem Carl von seinem Vater in die Kunst eingeweiht wurde, ein Gewehr vor die Tür zu tragen. Es mußte, auch wenn es nicht geladen war, wie Papa demonstrierte, mit ungeheurer Sorgfalt und Vorsicht geschehen, und nie, »niemals, Carl, niemals«, darf der Lauf einer Flinte woanders hinzeigen als in die Luft.

Hinter der Küchentür, an der Carl vorübergeht, ein Gewehr über der Schulter, dessen Lauf nach oben zeigt und dessen Griff beinah, aber eben doch nicht mehr den Erdboden berührt, hört man die Hunde: Sie kläffen und winseln und fiepen. Sie wollen frei sein.

Ganz streng verboten ist es, das Herrenzimmer zu betreten, wenn Papa Besuch hat. Es ist für alle verboten. Auch für Mama. Es wäre ihr allerdings auch nie in den Sinn gekommen. Es gab nämlich zweierlei Arten von Besuch: solchen, der in den Salon geführt und dort von Mama begrüßt wurde, wobei es Papa völlig freigestellt schien, ob er sich dazugesellen wollte. Er tat es manchmal, und manchmal tat er es nicht. Und dann gab es solchen, der von Papa in der Halle begrüßt wurde und mit ihm zusammen im Herrenzimmer verschwand. Solche Besucher waren ausschließlich männlich. Männlich und geschäftlich und darum wichtig. Sie zogen sich auf der Stelle in einen Bereich zurück, der nur von Frauen betreten wurde, wenn sie ein Tablett in den Händen trugen und eine Schürze anhatten, die weiß und brettartig gestärkt sein mußte. Es war also eine Sache der Mädchen und nicht von Mama. Sie trugen Gläser hinein und Aschenbecher hinaus, und ihre Ohren waren so taub für das, was da drinnen gesprochen wurde, als sei es Chinesisch.

Allerdings hätte Mama auch nichts davon verstanden. Als bald, sehr bald schon, die Zeit kam, da sie unterschreiben sollte, während zwei hinter ihrem Stuhl standen, die ihr die Sicherheit einflößten, die sie brauchte, ein Bruder ihres Mannes und ein Vetter von ihm, und mit den Fingern über das Blatt fuhren und ihr die Worte zeigten, die sie seit Tagen vor ihr wiederholten: Anteil, Abtretung, Aktien, Mitspracherechte, großzügige Gewährung von Unterhalt, was das einzige war, wobei sie an etwas dachte – sie sah sich im Reisekostüm in einen Wagen einsteigen, gefolgt von drei hübschen, adretten Kindern –, da war es vollkommenste Unkenntnis der Sachlage, was sie beherrschte, zusammen mit dem Gefühl, daß sie etwas tat, das ihrem Schicksal gerecht wurde, welches in Gottes unerforschlichem Ratschluß begründet war. Denn sie war Witwe geworden. Sie nahm in einer Aufwallung ihrer Gefühle den Füllfederhalter ihres verstorbenen Mannes zur Hand, einen goldenen Füllfederhalter, in den die Anfangsbuchstaben seines Namens eingraviert waren, und ihre Hand zitterte etwas, aber sie unterschrieb.

Danach war sie eine arme Frau. Sie stand auf, nahm den Händedruck ihrer männlichen Verwandten entgegen, mit dem sie sich ihr noch einmal antrugen, stumm und empfindungsvoll wie am Grab, und verließ, eine schlanke Säule der Tapferkeit, den Raum. Es war das Herrenzimmer gewesen.

Sie trat in das Musikzimmer ein und ließ sich, immer

noch stark von Gefühlen bewegt, am Flügel nieder, der ihr übrigens nicht mehr gehörte. Sie wollte ein bißchen spielen und dachte gerade noch rechtzeitig daran, daß Töne die schlafenden Geister wecken, und ließ ihre Hände, die eben noch die goldene Feder geführt hatten, erschrocken auf dem geschlossenen Deckel liegen. Sie sah zum Fenster hinaus in den Park, der ihr auch nicht mehr gehörte. Sie wartete.

Sie wartete auf die Fortsetzung ihres Schicksals. Sie hörte noch seine Musik, düster schwellende Töne, die plötzlich abgebrochen waren. Aber es kam nichts mehr. Es kam nie wieder etwas. Sie würde hier ausziehen müssen. Sie wußte nicht im geringsten wohin.

Viele Jahre später erst entdeckte Carl, daß sie die ganze Zeit noch ein erhebliches Aktienpaket besessen hatte, das einer der Schwäger für sie kontrollierte. Sie hatte es einfach nicht gewußt und die Besuche des Schwagers, bei denen er sie zwischen zwei Tassen Tee um eine Unterschrift bat, für Höflichkeitsbesuche gehalten, die sie erwartete und im Zeichen der Pflege familiärer Bindungen für angebracht hielt. Ans Unterschreiben gewöhnte sie sich mit der Zeit und vergaß nie, sich für die monatlichen Zuwendungen, die sie erhielt, zu bedanken.

Carl kam 1929 dahinter, und in einem ersten Anfall ohnmächtiger Wut, nicht einmal auf irgend jemand, sondern auf sein Geschick, veranlaßte er sie, sofort zu verkaufen. Es hatte nur knapp gereicht, um sein Studium zu finanzieren. Und Clara begriff auch jetzt nichts.

Es war so schrecklich viel Blut geflossen. Das Mädchen war aus dem Zimmer gewankt und hatte sich in den Armen eines anderen Mädchens übergeben. Einige Augenblicke lang wagte sich niemand wieder hinein. Sie standen, die beiden Mädchen und Mama mit dem anderen Mädchen, jeweils zwei Frauen, die sich umfaßt hielten, vor der geöffneten Tür auf dem Gang, während man jetzt ganz deutlich etwas wie Stöhnen hörte. Aber es war kein Stöhnen. Es war etwas viel Schrecklicheres. Und die eine, die Mama festhielt, wollte sie loslassen und hineingehen. Aber Mama konnte sich nicht allein auf den Beinen halten. Sie schwankte wieder. So schleppte das Mädchen sie wie eine Last mit in das Zimmer des Hausherrn. Sie zog sie, sie schleifte und trug sie fast über die Schwelle.

Dann hatte Clara, die reizende, zierliche Tochter eines Landpfarrers, dann hatte sie den Anblick.

Es war zuviel für sie. Was geschieht, wenn etwas geschieht, das zuviel für jemanden ist? Einfach und tatsächlich unerträglich? Es geschieht trotzdem.

Er saß noch. Er saß auf dem Stuhl. Er hatte auf sie gewartet. Die Angst, die sie immer vor ihm gehabt hatte, war berechtigt gewesen. Er schwankte jetzt, drohte vornüberzukippen. Sie mußte an ihn herantreten und ihn festhalten, und mit der Geste des Schutzsuchens und Vertrauens lehnte er seinen zersprengten Kopf an ihren Schoß. Sie stand mit den nackten Füßen in seinem Blut.

Clara war zweiunddreißig geworden in der Nacht, als es geschah. Sie hatten Gäste gehabt, um ihren Geburtstag zu feiern. Es war wie immer gewesen.

Johann Heinrich war spät von der Jagd heimgekommen, was sie sehr unruhig und – heimlich, sie hätte nie etwas Derartiges zu äußern gewagt – sehr zornig gemacht hatte. Denn es gab Zeiten, in denen sie seine Abwesenheit noch schlechter ertragen konnte als seine Anwesenheit. Es waren Besucher gekommen und Blumen. Sie hatte den ganzen Nachmittag lang allein Konversation gemacht. Zugegeben, es lag ihr. Sie machte das gern. Sie war hübsch, sie war reich, sie war zweiunddreißig und ausgestattet – ein Erbe ihrer Vorfahren, die bis zur Reformation nichts anderes als Pfarrer gewesen waren, Prediger von der Kanzel – mit einer Art Eloquenz, einer leichten Zunge, die mühe- und widerstandslos durch jedes Gespräch glitt. Und doch hatte sie die Vorzeichen einer Panik gespürt, die sich mit jeder Minute verstärkten, und unter dem leichten Getön ihrer eigenen Sprache hatte sie unablässig auf das Geräusch eines vorfahrenden Wagens gehorcht. »Er ist auf die Jagd gegangen. Er wird bald zurück sein.« Sie leerte ein Glas Likör in einem einzigen Zug.

Als er endlich kam, war es dunkel, die Nachmittagsgäste waren gegangen. Die Vorbereitungen für den Abend nahmen sie so in Anspruch, daß sie nicht einmal Zeit hatte, ihn zu begrüßen. Sie hörte, wie eines der Kinder ihm etwas zurief und keine Antwort. Doch sie mußte Tischwäsche und Tafelsilber herausgeben, und sie hoffte, daß Mademoiselle sich um alles übrige kümmern würde.

Dann später, sie zog sich gerade um, ein weißes Spitzenkleid, das Geräusch seiner Schritte. Sie hörte es deutlich wie immer und schloß die Tür zu dem kleinen Salon, der zwischen ihrem und seinem Schlafzimmer lag und den sie zum Lesen und Briefeschreiben, in Wirklichkeit aber nie benutzte. Sie wollte es nicht mehr hören. Nicht heute. Und überhaupt nie mehr. Es war schrecklich. Es hatte schon Stunden gedauert. Er ging hin und her in seinem Zimmer, das vollgestellt war mit Kommoden und

Schränken und einem sehr breiten, sehr hohen, kastenförmigen Bett, so daß ein Muster beschleunigter und immer wieder jäh abgebrochener Schritte entstand, ein Rhythmus vergeblicher Hoffnung und zäher Verzweiflung, der sie immer wieder verzagen und eine Beklemmung empfinden ließ, die sie nicht abschütteln konnte. Nie hätte sie es gewagt, zu ihm hinüberzugehen, wenn er ging. Sie tat es auch sonst sehr selten.

Sie puderte ihre Nase und steckte sich ein paar zusätzliche Klammern ins Haar. Dann blieb sie vor dem Frisiertisch sitzen und verfiel Auge in Auge mit sich selber in eine Art Starre, ein Nichtnachdenken, aus dem sie sich nur mit großer Anstrengung, gegen den deutlich spürbaren Widerstand, der davon ausging, befreien konnte, ein Widerstand, der sich nicht nur dagegen richtete, daß sie jetzt aufstand, hinunterging und ihre Gäste empfing, sondern gegen den Fortgang des Lebens überhaupt, gegen jeden Fortgang und jedes Geschehen. Sie wollte einfach so sitzen bleiben und stemmte sich mit dem gekrümmten Rücken – denn sie saß vornübergebeugt, ganz ohne die Haltung, die sonst für sie typisch war – gegen die Zeit, die aus Augenblicken bestand, die im Rhythmus von Schritten abliefen, verzweifelt, gehetzt und unaufhaltsam. Sie blieben nicht stehen und kamen doch nirgendwohin.

Warum war sie nicht im Pfarrhaus geblieben? Warum hatte sie nicht früher damit begonnen, die Zeit anzuhalten, damit nichts geschehen konnte? Sie wollte ein Bild im Rahmen sein, ein Spiegelbild, eine Photographie – doch sie spürte im Rücken den Druck der gestauten Zeit, ein Wagen fuhr in die Einfahrt, sie hörte Stimmen und Schritte vor dem Haus. Sie gab nach und stand auf, und als die ersten Gäste das Haus betraten, da kam sie ihnen von oben entgegen, eine zierliche, weiße, spitzenbesetzte Frau auf der Treppe, gefolgt von ihrem stattlichen, für die Feier des Tages gekleideten Mann. Der Abend nahm seinen Fortgang.

Victor konnte sich gut an seine Großmutter erinnern. Sie hieß Großmama, mit Betonung auf der letzten Silbe, was sie grundsätzlich von anderen Großmüttern unterschied. Sie brauchte viel Nachsicht, und es gab niemanden, der ihr nicht mit Zartheit und Rücksichtnahme begegnete. Denn sie war verrückt. Sie war auf so rührende, reizende Art verrückt, daß man sie einfach liebhaben mußte. Sie hatte Charme. Keiner konnte sich dem entziehen. Sie war gesprächig. Sie machte gern Konversation. Mit jedem, der in ihre Nähe kam, und auf so liebenswürdige Art, wie nur sehr feinfühlige und sehr gebildete Menschen Konversation machen. Nur hatte das, was sie sagte, nicht den geringsten Bezug zu etwas, das weniger feinfühlige Menschen Realität nennen mögen. Sie sagte: »Ich liebe Spaziergänge in der Herbstsonne«, wobei die Betonung des Wortes »liebe« all ihre Musikalität und ihren Gefühlsreichtum verriet und ihre Augen vor Glück und Verzückung ins Blinzeln gerieten, als blendeten sie die Strahlen eines überirdischen Lichtes, während vor ihrem Fenster ein häßlich-trüber Januartag verdämmerte und jedermann wußte, daß sie seit Monaten nicht mehr das Pflegeheim verlassen hatte, in dem sie lebte.

Sie saß im Sessel, und alles, was sie noch tat, war, ihren Kopf oben zu halten. Er war zu groß. Er drohte nach immer derselben Seite zu fallen. Aber sie hielt ihn. Sie hatte die Schultern so hochgezogen, besonders die eine, die mit den Jahrzehnten so etwas wie ein Buckel geworden war, daß er nicht fallen konnte. Und vorn war ja ihr Gesicht. Das hielt seine Augen – die schönen Augen, von denen einst Johann Heinrich, die eine Hand schon am Türklopfer vor dem Pfarrhaus, gesagt hatte, daß sie ihm mitten ins Herz ... und etwas, das sie dann nicht verstand –, es hielt seine Augen – die Augen, die einmal vor vielen Jahrzehnten sich in so ungeheurem Entsetzen geweitet hatten, daß sie nun wie überdehnt waren, reflexunfähige, große Pupillen unter weit aufgerissenen Lidern, die widerstandslos und bereitwillig alles in sich hineinließen – vorn war ihr Gesicht und hielt seine Augen auf Victor gerichtet, allwissend, alles verstehend und unendlich freundlich. So konnte ihr Kopf nicht fallen, obwohl er zu groß war. »Wer bist du, mein Junge?« fragte sie ihn und: »Ach? Wie heißt denn dein Vater?« Und sie erzählte ihm von ihrem Sohn, der auch Carl geheißen hatte.

Sie redete eigentlich ununterbrochen. Wenn jemand in ihre Nähe kam, jemand vom Pflegepersonal, ein Besuch oder andere Heiminsassen, irgend jemand, dann richtete sie ihre Rede an ihn und ließ sich durch seine Anwesenheit nicht unterbrechen. Oft sah es aus, als betete sie. Sie hielt ihre Hände im Schoß gefaltet und sprach und sprach. Aber sie machte nur Konversation. Kann sein auch mit Gott. Den Kopf schiefgelegt zwischen hochgezogenen Schultern, von denen die rechte mehr und mehr ihre Stelle als Buckel einnahm, war sie in der Haltung des Gebets und der Demut erstarrt. Und in der Haltung grenzenlosen Erstaunens. Sie sah zu Victor hinauf, der vor ihr stand und versuchte, sie zu begrüßen, und Liebe und Freude und vollkommene Ahnungslosigkeit waren in ihrem Blick. Ein inniges Staunen darüber, daß er zu ihr gekommen war und Victor hieß wie ihr Enkel und auch so aussah.

Ihren Platz in dem Sessel, der in einem Zimmer stand, das in einem Heim war, wo sie versorgt wurde, hatte sie lange gesucht und gefunden. Sie hatte mit zweiunddreißig begonnen, sich danach zu sehnen. Sie war damals noch zu jung. Obwohl sie es nicht verstanden hatte. Sie war doch schon Witwe. Deine Kinder. Dein Lebensinhalt. Was für ein Trost, hatten damals alle gesagt. Aber ja! Sie streifte sie mit ihren innigen Blicken. Sie würde sie in ein Internat schicken. – Aber warum? – Warum? Sie war Witwe! Was sie für sich suchte, war im Grunde ein Stift. Ein Ort, wo schwarzgekleidete Frauen sich aufhalten, wenn das Leben vorbei ist. Wenn das Leben vorbei ist, gibt es kein Alter mehr und keine Jugend. Ein Stift. Sie wäre die geborene Stiftsdame gewesen. Aber so etwas gab es nicht mehr. Es gab Altersheime. Aber Clara war Anfang Dreißig. Die Unterbringung der Kinder in verschiedenen Schulen, die Entlassung des Personals, den Verkauf des Hauses, das hatten ihre Schwäger für sie erledigt – dieselben, die hinter ihrem Stuhl gestanden hatten, als sie unterschrieb. Es gab nichts mehr zu tun für sie. Aber um müßig zu gehen, glaubte sie sich zu besitzlos. Sie zog zunächst mit den wenigen Dingen, die sie mitnehmen konnte, ins Pfarrhaus. Doch da war kein Platz mehr für sie. Ihr Vater starb, und ihr Bruder war Pfarrer, und seine Frau bekam immer mehr Kinder. Ernst und Franziska und Carl konnten sie hier, wenn sie Ferien hatten, nicht einmal besuchen. Sie wurden auf die Familien der Brüder ihres Vaters verteilt, und Clara reiste reihum, hielt sich bei jedem einige Tage auf und betrachtete das jeweilige Kind mit innigen Blicken. »Wir tun alles für dich«, sagten die Schwägerinnen und drückten ihre Hand.

Man hatte im Firmenbereich gewisse Umwandlungen vorgenommen, von denen Clara nichts verstand. Es schien jetzt alles viel besser zu gehen als zu Lebzeiten von Johann Heinrich, und sein Bruder Wilhelm erwog, mit seiner Familie das Haus im Park zu beziehen. Es stellte sich heraus, daß es ihm jetzt gehörte.

Schließlich zog einer der Schwäger, bei dem Clara sich besuchsweise aufhielt und mit ihrer Tochter Franziska eine blasse, verscheuchte Restfamilie bildete, sie in ein vertrauliches Gespräch und schlug vor, daß sie sich eine Arbeit, nein, keine Arbeit, eher so etwas wie – sagen wir – eine Beschäftigung suchen solle. Sie war überrascht, nahm die Haltung an, in der sie im Alter erstarren sollte, und sah ihm von unten herauf an ihrer hochgezogenen Schulter vorbei ins Gesicht, keine Spur von Ablehnung im Blick, keine Spur von Verstehen. Warum nicht, wenn das die Art war, wie man als Witwe sein Leben verbrachte?

Sie nahm eine Stelle als Hausdame an. Als Hausdame, sie, die Dame des Hauses – und welch eines Hauses – gewesen war! Wenn ihre Schwäger dies für gesellschaftlich vertretbar hielten, so war es ihr recht. Selbstverständlich paßten sie auf, daß der Mann alt genug war, dessen frauenlosem Haushalt sie vorstehen sollte. Alt genug. Reich genug. Und nicht zu sehr in der Nähe.

Aber war er auch alt genug? Er war Anfang Sechzig. Wenn man es recht betrachtete, war er nicht viel älter, als Johann Heinrich gewesen wäre, wenn er noch lebte. Er bekam Clara, zierlich und liebenswürdig, ins Haus. Sie legte den Kopf schief, zog die Schulter hoch, und es war niemals ganz klar, was sie begriff und was nicht mehr.

Sie lebte – das kam ihrem Hang zum Stiftsmäßigen und Klösterlichen entgegen –, sie lebte ganz nach dem Codex. Der Codex war es, der ihre Funktionen in diesem Haus eindeutig regelte, so daß es nie zu Mißverständnissen kommen konnte: Der Haushalt, dem eine Hausdame vorstand, mußte frauenlos sein, und er mußte es bleiben. Der Mann, der eine Hausdame suchte, mußte frauenlos sein, und war er es nicht mehr, so brauchte er keine Hausdame mehr. Sie war ein Ersatz. Keine Domestike. Sie nahm die Blumen entgegen, die man mitgebracht hatte. Und sie waren für sie. Trotzdem waren sie nicht für sie selber, wenn sie auch lächelte, als wenn sie es wären. Sie nahm sie stellvertretend entgegen. Aber stellvertretend für niemand. Sie wurde bezahlt. Diskreter ist niemals bezahlt worden. Nie hat ein Mann eine Frau feinfühliger und unauffälliger entlohnt, als dieser sechzigjährige Witwer es tat. Sie lebte in seinem Haus, und – es ist nicht übertrieben, zu sagen, daß es dem Haus gleichkam, das sie verlassen hatte – nichts war ihr verwehrt. Er beherbergte ihre Kinder, wenn sie Schulferien hatten. Er wurde Zeuge der innigen Blicke, mit denen sie sie bedachte, und ließ Großzügigkeit und Wohlwollen walten.

Sie war seine Dienerin, ohne daß er ihr Herr war. Ihr Dienst bestand darin, ebenbürtig zu sein, auf alle Fälle zu tun als ob. Und das Personal, zu dem sie gehörte und doch nicht gehörte, weil nicht mit ihm gleich sein der Dienst war, der ihr oblag, es gehorchte ihr, ganz als ob. Es war das Scheinleben, das sie immer ersehnt hatte. Sie war freundlich und tätig. Sie war unentbehrlich. Aber sie war nicht aus Fleisch und Blut. Sie brauchte es nicht zu sein. Und langsam verwandelte sich ihr Witwentum in eine Reihe von hellen, heiteren Tagen, die sich widerstandslos aneinanderreihten, und erwies sich als die Freiheit, zu sein, was sie eigentlich war. Ein Geist ohne Erdenschwere, beiläufig und sehr flüchtig in einen Körper gebannt.

Das Kindliche ihrer Erscheinung. Es hatte sich mit dem Alter eher noch verstärkt. In ihren letzten Tagen sprach sie nur noch Französisch und enthüllte die lebenslängliche Mühe und Selbstverleugnung, die sie aufgewandt hatte, um sich in einer Sprache verständlich zu machen, die weniger leicht und elegant von den Lippen kam. Enkelin einer Großmutter, die einer Hugenottenfamilie entstammte, hatte sich kurz vor ihrem Tod noch die Französin in ihr behauptet. Sie starb mitten im Satz. Die weihnachtlich glänzenden Augen weit geöffnet, machte sie Konversation mit der Stationsschwester, die ihr die tägliche Spritze verabreichen wollte und statt dessen nach ihrem Puls griff. Ihr Kopf war nun doch zur Seite gefallen, und in ihrer Schulter, der hochgezogenen, buckligen, hatte sich endlich das Flügelpaar entfaltet, das darin verborgen gewesen war.

Carl weinte, wenn er von ihr sprach. Von ihrer Güte und Anmut. Das Bild mit den Flügeln, das ganze Französische, Schwerelose und Leichte, das von ihr tradiert wurde, das war von ihm. Seine Mutter, die Mutter seiner Kindheitsträume, war körperlos. Sie hatte allenfalls eine Stimme und saß am Klavier. Nein, keinen Körper. Oder den eines seltenen schillernden Vogels. Einer Mischung aus Engel und Kolibri. Auf jeden Fall hatte sie Flügel. Sie konnte nicht Frau gewesen sein – Frauen waren ganz anders. Sie zeichneten sich für Carl durch ihre Unähnlichkeit mit ihr aus. Ruth war die Sportsfrau. Sie war groß und kräftig mit großen, kräftigen Händen und ungestümen Bewegungen. Sie ritt, spielte Tennis, und nie vergaß Carl, wie er sie das erste Mal gesehen hatte. Sie saß im Baum, einem Kirschbaum im Garten ihrer Eltern, in der Hand eine Säge, und sägte buchstäblich und unter wildem Gelächter den Ast ab, auf dem sie saß. Mit einem Schrei des Übermuts und Vergnügens fiel sie aus etwa drei Metern Höhe Carl vor die Füße, der voller Angst nach der Säge spähte, und feststellte, daß sie hoch oben im Baum hing. Sie hatte sie noch, kurz bevor der Ast brach, schnell über sich aufgehängt, und sie schwankte im Sommerhimmel, wo sie ihren ganzen Symbolcharakter entfaltete: Geige zu sein oder Harfe. Aber es war eine Säge. Carl hatte sich auf der Stelle in Ruth verliebt.

Er bewunderte ihre Sportlichkeit, ihre Kraft, und er liebte ihren Übermut, ohne zu wissen, daß das, was ihm so gefiel und ihn in Erregung versetzte, die Lust darauf war, ihn zu brechen. Es gelang ihm. Gelang es ihm? Ruths Magie, ihre Macht über ihn: sie ließ ihn nie genau wissen wieweit. So war sie wohl doch die heimliche Siegerin über all die vollbusigen Frauen, blond zumeist und mit beträchtlicher Oberarmweite, für die er sich lebenslang immer wieder begeisterte.

Was für ein Irrtum dagegen war Charlotte gewesen. Ein ganz und gar ödipaler Fehltritt. Alle warnenden Zeichen mißachtet: ihre Schwäche, ihren zerbrechlichen Charme, ihre Hilflosigkeit. Auch die gewisse Erleichterung, die darin lag, daß er von ihr getrennt wurde, abtransportiert nach Osten, ein Krieger, der weiß, daß er letztlich zu anderem taugt, als das holde Bild zu umarmen, das ohnehin blasser und blasser wird und schließlich schwindet. Er hatte nicht wirklich zurückgewollt, als er zurückkam, nicht zu Charlotte. Und als er dann sehend wurde, wunderte er sich schon nicht mehr besonders: dieselbe Anmut, dieselbe Zerbrechlichkeit, das scheue Lächeln und die vollkommen ausgebildete Fähigkeit zu vergessen, die solchen Frauen irgendwann Flügel wachsen läßt, mit denen sie sich vor unseren Augen erheben und nie mehr wiederkehren.

Charlotte hatte immer sofort vergessen. Sofort und ganz. Nie ging sie so weit, sich in die Frau zu verwandeln, die eben noch geliebt hatte und voraussichtlich bald wieder lieben würde. Sie stand vom Bett auf, halb Hausfrau, die ihre Hausarbeit unterbrochen hat und nun emsig und gleichmütig damit fortfährt, halb junges Mädchen, das nach einer Turnstunde ihre Kleider zusammensucht, ein Hemd, eine Bluse, und die begehrlichsten Blicke zurückweist mit einem zerstreuten Lächeln. Carl fühlte sich einsam und schuldig und sah schließlich ein, daß sie sich nicht einmal verstellte. Sie war eine Mischung aus Hausfrau und jungem Mädchen, und beide, die Hausfrau und das junge Mädchen in ihr, wichen vor ihm zurück und suchten nach einer Möglichkeit, ihm zu verzeihen. Sie sahen ihn – jetzt blieb kein Zweifel mehr übrig – mit dem Gesicht seiner Mutter an: liebevoll, ängstlich und innig und vollkommen verständnislos.

Aber da brauchte er nicht mehr mit einem Schrei des Entsetzens zu fliehen noch sich zu blenden, denn seine Augen hatten ja Ruth schon gesehen. Sie war aus dem Himmel vor seine Füße geplumpst. Da war sie! Und hatte sich vor ihm erhoben und sich das Haar aus der Stirn gestrichen. In ihren Augen war etwas gewesen, das erkennen ließ, daß sie mit jeder Möglichkeit rechnete. Vorahnung, kein Vergessen.

Der Traum
von der vollkommenen Liebe

Carl, sieben oder acht Jahre alt, ein kleiner Kobold, hat sich im Schlafzimmer seiner Mutter versteckt. Sie ist im Salon nebenan gewesen, als er hineingeschaut hat, und schnell hat er sich unter ihrem Plumeau verkrochen. Jetzt kauert er in einer körperwarmen, nach Mama duftenden, daunenweichen Höhle und hat einen Spalt gefunden, durch den er atmen und hinausschauen kann. Mama kommt zurück. Sie trägt noch ihr Nachthemd und will sich jetzt anziehen. Vor dem Spiegel, der dreiteilig dreimal Mama zurückwirft, zieht sie ihr Nachthemd über den Kopf. Carl kann viermal Mama sehen. Dreimal von vorne und einmal von hinten. Dann dreht sie sich um und geht zu dem Stuhl, auf dem ihre Wäsche liegt. Jetzt sieht Carl sie dreimal von hinten und einmal von vorne. Aber einmal von ganz nahem von vorne. Der Stuhl steht nämlich am Bett. Carl hält die Luft an, damit Mama nicht merkt, daß das Plumeau Augen bekommen hat, weitaufgerissene, kreisrunde Koboldaugen, mit denen es sieht, wie Mama in ihr Korsett steigt, das sie, was Carl nicht weiß, der Schicklichkeit halber trägt. Zusammenzupressen gibt es bei ihr nichts. Mama läßt mindestens dreißigmal Haken in Ösen gleiten, und Carl wünscht, er könne das kleine Knacken noch unendlich oft hören. Darum atmet er tief vor gehabtem Vergnügen, als es vorbei ist, und wird von Mama entdeckt.

»Carl!«, sagt Mama, und der Tonfall, in dem sie das

sagt, ist genau der Tonfall, den Carl erwartet, den er schon vorweggenommen hat, denn er gehört zum Spiel, zu allem, was Carl genießt, was er sieht, was er hört, was er riecht. Der Tonfall, in dem sie »Carl!« sagt, »Carl, was machst du denn hier?«, ist das Signal, auf das hin er sich unter dem Plumeau hervorwühlt und frech – jetzt wird er frech – sich auf Mamas Kopfkissen räkelt, ein unverschämter Liebhaber, der weiß, daß er jetzt nicht mehr abgewiesen werden kann, weil schon zu viel geschehen ist. Er windet sich, seufzt und stöhnt vor Zärtlichkeit. Er möchte nicht gehen. »Es war so schön mit dir«, sagt er.

Das ist der Traum von der vollkommenen Liebe, ein Leben lang, daß Mama sich zu ihm herunterbeugt, daß sie sich neben ihn legt und das Geheimnis mit ihm teilt. »Was war so schön?« Und er sagt es ihr.

Und Mama verwandelt sich. Sie ist Mademoiselle. Dann ist sie andere Frauen. Für kurze Zeit ist sie Charlotte und droht sich zurückzuverwandeln. Dann ist sie schließlich Ruth. »Es war so schön mit dir«, sagt er zu ihnen, und alle wissen sie, was er meint. Sie wollen es wieder und wieder hören.

In Wirklichkeit fand Mama einen Kater in ihrem Bett. Einen widerspenstigen kleinen Kater. Sie packte ihn, immer noch im Korsett, an seinem Nackenfell und beförderte ihn vor die Tür. »Bis hierher und nicht weiter«, stand unsichtbar dort geschrieben. Dasselbe raschelten ihre Röcke, wenn sie sich näherte, deutete die Bewegung an, mit der sie sich durchs Haar fuhr. Und ihre Stimme sprach Sätze wie: »Du mußt dir die Hände waschen«, oder: »Schon wieder hast du dein Zimmer nicht aufgeräumt.« »Bis hierher und nicht weiter!« zischten Kusinen und Tanzstundendamen ihn an, die er zu verwandeln versuchte, und flüsterten andere, die es zum Glück nicht meinten.

Zunächst saß er vor Mamas Tür, die hinter ihm zugesperrt wurde, und hörte, wie sie sich dahinter anzog. Er trollte sich und wußte nicht, ob dies ein Sieg oder eine beschämende, vielleicht sehr beschämende Niederlage war. Mama übrigens hatte auf der Stelle vergessen, und nichts an ihr erinnerte später daran, daß sie sich erinnern konnte.

Victors Traum von der vollkommenen Liebe erfüllt sich gerade jetzt:

Er hat Schritte gehört. Es sind Schritte, die sich ihm nähern. Er hat sich auf einen der Stühle in einem der Klassenräume gesetzt, und von hinten tritt die vollkommene Liebe an ihn heran. Sie kommt immer von hinten. Es hat keinen Zweck, ihr entgegenzublicken, sie zu erwarten. Sie kommt überraschend. Sie kommt aus dem Nichts. Sie nimmt jedes Gesicht an. Es stört sie nicht, unscheinbar oder häßlich oder gar Schulsekretärin zu sein. Sie trägt einen grauen Faltenrock, kurzgeschnittene Haare und hat eben noch durch Brillengläser geblickt. Aber da hat sie sich auch schon verwandelt. Je reizloser sie daherkommt, desto strahlender ist der Sieg ihrer neuen Gestalt. »Rate, wer ich bin!« sagt sie zu Victor und hält ihm die Augen zu. Er weiß es sofort: »Du bist die vollkommene Liebe.« Jetzt darf er sie anschauen. Sie legt einen Finger auf ihren Mund – der Mund ist das schönste an ihr, vor allem unter dem Finger – und macht ihm Zeichen, er solle ihr folgen. Das hat er erwartet. Er zögert kein bißchen, tastet sich hinter ihr her, und der Klassenraum hat sich zum Gang verengt, auf dem sie vorangeht.

Das wunderbare ist, daß sie den Weg weiß und daß er ihr folgt. Daß sie keins von den Mädchen ist, denen er selber Wegweiser sein mußte. Sie waren reizend und hübsch und intelligent. Sie hatten Charme, und die meisten von ihnen waren überhaupt atemberaubend und ließen ihm wochenlang keine Ruh. Aber wenn es dann anfing, waren sie vollkommen hilflos. Sie sahen ihn von der Seite an, lächelten in ihren Schoß, und jedesmal wurde ihm wieder mit neuem Schrecken bewußt, daß alles auf ihn ankam. Zum Glück hatte er Yves Montand, durch dessen Körper in diesem Moment ein Ruck fuhr, so daß er sich von der Theke, an der er lässig gelehnt hatte, löste und sich mit so gut wie geschlossenen Augen, auf die alles ankam, auf die Frau zubewegte. Oder Marcello. Auch bei ihm waren es hauptsächlich die Augen. Sie deuteten unmißverständlich an, daß sie schon lange geruht hatten, wo sie verweilten, auf sanft gerundeten Hüften oder, nein, auf einem Mund, den er nicht zögern würde zu küssen. Schwieriger waren die Dialoge. Wie oft hatte er gewünscht, Valentino zu sein und bebend vor Liebe und Tango mit der zu verschmelzen, die er begehrte – und stumm. Statt dessen sagte er: »Ich liebe dich.« Oder: »Ich bin verrückt nach dir.« Oder später, mit einer Spur Belmondo: »Ich mag dich.« Manchmal sah er auch nur ins Glas und sagte »Schluß!« zu sich selber, »es ist ja doch alles gleich«. Aber daraus erwuchs ihm ganz plötzlich ein neues, ein wunderbares Gefühl seiner Männlichkeit, er war, entschlossen, entsagungsvoll, einsam, mit einemmal Gregory Peck, stand auf und ging auf die nächste zu mit einem Lächeln, das alles zugleich war: siegessicher, sensibel und schmerzlich. Und sie blieb stehen wie gebannt. Es war schon alles gesagt.

Ja, es kam alles auf ihn an. Er mußte mit Blicken bannen und Schultern umgreifen, und dann, wenn ihn alle verließen, Yves und Marcello und Jean-Paul, sie waren plötzlich verschwunden und ließen ihn einfach allein mit einer Frau, hingebreitet in seinen Armen, die vorschriftsmäßig die Augen geschlossen hielt und darauf wartete, daß es weiterging, wie war seine Sache – dann wußte er schon, während seine Hände den Weg bahnten, den nun alles zu gehen hatte, daß er wieder enttäuscht war. Und er befahl seiner Begierde zu wachsen und seiner Leidenschaft, sich zu verdoppeln, und seine Begierde wuchs, und seine Leidenschaft verdoppelte sich, aber er war ohne Hoffnung. Die Frau, nach der er so leidenschaftlich verlangte und die er je länger je mehr begehrte, sie hatte sich mitleidlos lachend entfernt. Sie war mit Jean-Paul und Marcello und Yves davongezogen, weil sie es sind, die sie liebt, und er hielt eine wachsbleiche Puppe im Arm, die von seiner Körperwärme zu schmelzen begann und sich mit seligem, starrem Lächeln in Nichts auflöste. Sie hatte nicht einmal geahnt, wofür sie Ersatz war.

Jetzt, hier ist alles anders. Das Spiel, das er sonst gespielt hat, fällt einfach aus. Keine Anrufe, keine Briefe: »Ich muß Sie sehen ... Wissen Sie eigentlich, wie sehr ...« Keine Blicke von ihm zu ihr. Die ganze Arbeit entfällt, die oft wochenlang dauert und die ihn vor lauter Konzentration und Taktik und Anstrengung manchmal vergessen läßt, was er eigentlich wollte, und mitten in den ermüdenden Mühen der Verführung hält er plötzlich inne und fragt sich: Wer ist sie eigentlich? Wie sieht sie aus? Er kann sich nicht mehr erinnern und erschrickt furchtbar, wenn sie in diesem Augenblick vor der Tür steht. Er kennt sie wieder, aber sie hat sich verwandelt: ein Kind, das das Parfüm seiner großen Schwester benutzt und sich mit ihren Stiften geschminkt hat. Der Mund viel zu groß übermalt, halb geöffnet, zyklamrot glänzend, die Augen feucht unter samtweichen künstlichen Wimpern. »Hier bin ich«, sagt sie und beginnt schon zu schwanken. Er denkt noch: Um Gottes willen, was hab ich gemacht? Und nimmt sie in seine Arme. Kein Zweifel: er hat es geschafft.

Hier gibt es keine Arbeit für ihn. Er darf einfach folgen. Er ist schon dort, wo er sein will. Man muß eine Schranktür öffnen, in den Schrank steigen und einfach weitergehen. Es kann auch eine Tapetentür sein, die man bisher nie bemerkt hat, oder ein Bild hängt davor, das man zuerst abnehmen muß. So gelangt man von den sichtbaren, zugänglichen in die unsichtbaren, heimlichen Räume dahinter. In ihnen ist alles möglich. Sie sind überraschenderweise den sichtbaren Räumen ganz ähnlich, nur spiegelverkehrt. Es sind diese wunderbaren, vollkommen harmonischen Räume, in die man blickt, wenn man ein Zimmer im Spiegel sieht oder in seinen dunklen Fensterscheiben und plötzlich wünscht, durch den Spiegel zu gehen und darin zu leben. Victor hat nicht gewußt, daß es so einfach ist: Es ist einen Augenblick dunkel – vielleicht hat man auch nur die Augen geschlossen –, und man ist da.

Aber man kann nicht allein gehn. Man wird geführt. Man spürt plötzlich seine Hand in einer anderen Hand liegen und hört eine Stimme sagen: »Jetzt sind wir da.« Und man wundert sich gar nicht so sehr, wie man eigentlich müßte, ist auch gar nicht erschrocken, obwohl man es angeblich nicht gewußt hat, daß hinter den Dingen die anderen Dinge sind und das Haus hier noch einmal einen Salon hat und einen Wintergarten und Schlafzimmer, in denen die Betten auf unverhoffte Weise an der anderen Wand stehen und sich in Wandspiegeln spiegeln, als wären sie wieder normal. Und wo der Jagdschrank im Herrenzimmer steht und der Schreibtisch, der große, eichene Schreibtisch ihm gegenüber und sein eigenes Spiegelbild ist und dort steht, wo in Wirklichkeit der Schrank hingehört, der auch nur ein Bild ist und Waffen enthält, die nur Bilder von Waffen sind, Traumwaffen, die man sich an die Schläfe halten, deren Abzug man ziehen kann – und es geschieht, was im Traum geschieht, wenn man stirbt: Man stirbt gar nicht. Es ist jemand anderes gestorben. Man sieht ihn erstaunt am Boden liegen, man steigt darüber hinweg, und niemand kümmert sich weiter um ihn. Man feiert ein Fest.

Das Festliche an dem Fest ist, daß alles vorausbestimmt ist. Ein rokokohafter Tanz mit Figuren, von denen es keine Abweichung gibt. Die Musik ist unhörbar, und doch tanzen alle nach ihr. Es ist Claras Musik. Sie sitzt am Klavier, den Kopf etwas schief, und spielt und bewegt dazu die Lippen. Johann Heinrich, was niemanden wundert, er tanzt mit Mademoiselle und kann keinen Blick von ihr wenden. Er steht überhaupt auf der Stelle und folgt ihr nur mit den Augen, und sie tanzt allein. Sie sieht traurig aus. Sie war sonst immer so fröhlich. Man wünscht, sie würde aufhören zu tanzen, aber sie kann nicht mehr aufhören, nicht solange Johann Heinrich sie anschaut. Und er kann nicht aufhören zu schauen.

Niemand achtet auf Carl. Er hockt unter dem Flügel. Dicht neben Claras Beinen, die nichts von ihm weiß. Er hat einen Finger in der Nase, und weil ihn niemand beachtet und ihn niemand zurechtweist, läßt er ihn einfach drin. Später, als zufällig jemand mit dem Fuß an ihn stößt, zeigt sich, daß Carl aus Gips ist: Er kippt, und der Finger bricht ab, wie man es ihm immer angedroht hatte, wenn er in der Nase bohrte.

Der Carl unter dem Flügel ist also eine Attrappe. Carl ist gar nicht mehr klein. Er tanzt. Und zwar tanzt er mit Ruth. Eng an sie geschmiegt, tanzt er eine Art Tango mit ihr, mit plötzlichen Kehrtwendungen und weit ausgreifenden Schritten. Ruckartig reißt er ihre Wange an seine Wange. Er merkt nicht, daß Ruth eine Puppe ist, eine Puppe, bekleidet mit Ruths Kleidern, die viel zu groß für sie sind und um die leblosen Beine hängen, die Carl umherschleift. Er ist wie immer hingerissen von ihr, auch von ihrer Figur und von ihrer Art zu tanzen. Er hält voller Leidenschaft ihre Taille umklammert. Ihr Kopf, ihr Gesicht ist wie echt. Sie ist eine Puppe, die weinen kann. Ein einfacher, aber sehr wirkungsvoller Mechanismus. Carls Wange ist feucht von dem Wasser, das aus ihrem Kopf kommt. Es vermischt sich mit seinen Tränen, die er aus Rührung darüber vergießt, daß sie weint. Er liebt sie. Carls Kopf und der Kopf von der Puppe Ruth sind zusammen ein Januskopf: auf einer Seite das Auge von Carl, halb geschlossen vor Leidenschaft. Es blickt nach vorne. Auf der anderen Seite das weit geöffnete Glasauge im täuschend ähnlichen Puppengesicht von Ruth, aus dem ein etwas zu reichlich dosiertes Rinnsal fließt. Es blickt nach hinten. Ein Hauch von romantischer Liebe umgibt dieses Paar.

Es sind auch noch andere da, die Victor nicht alle kennt, und manche hat er seit Jahren nicht mehr gesehen. Der Mann ist da, mit dem er einmal so eng verbunden war, wie zwei Männer verbunden sein können: durch Rivalität und Haß. Es ging um Christine, und es gab den Moment, als sie einander schwer atmend gegenüberstanden und ihre Blicke ineinander versenkten und schon die Arme ausstreckten, um sich zu berühren – da hatte Christine nach Victor gerufen, und damit war alles entschieden. Er hatte von seinem Rivalen abgelassen und war ihr gefolgt, und dem blieb nun gar nichts, kein Kampf und keine Umarmung. Es ist ihm auch jetzt noch anzumerken. Er steht wie ein Boxer im Ring, die Fäuste geballt, und fordert jeden, der an ihm vorbeigeht, zum Kampf auf. Aber keiner beachtet ihn.

Victor schaut aus nach Christine. Er weiß nicht, ob er sie sehen möchte oder sich nur vergewissern, daß sie nicht da ist. Sie ist nicht da. Sie muß noch kommen. Sie wird noch erwartet. Statt dessen entdeckt er sich selber: Er sitzt, wo vorher Carl noch war, unter dem Flügel. Eine uralte Traumangst hat ihn eingeholt. Er ist nämlich kein Kind mehr. Er ist vollkommen erwachsen, ein Meter sechsundachtzig, viel zu groß, um unter dem Flügel Platz zu haben. Außerdem muß er sich schämen, sich wie ein Kind zu benehmen und sich zu verkriechen. Aber gerade weil er sich schämt, hat er sich ja hierher verkrochen. Nur daß es zu eng ist, ja unmöglich! Sein Kopf hat einfach keinen Platz. Es ist immer dieselbe Angst: Er geht auf ein Tor zu und weiß, daß sein Kopf zu hoch sitzt, um durchzukommen. Es ist ein bestimmtes Tor auf dem Weg zur Schule. Und er muß hindurch. Die Straße ist auch noch abschüssig, macht ihn zum Riesen, der von oben kommt, und nimmt dem Torbogen unten all seine Höhe. Manchmal hilft er sich, indem er einfach hinübersteigt.

Manchmal bricht er auch den Traum ab an dieser Stelle, an der er nicht weitergeträumt werden kann, und geht in der Wirklichkeit zur Schule, ein Knirps mit wippendem Ranzen, der eine abschüssige Straße zum alten Stadttor hinabläuft, durch das sein Schulweg führt. Doch das ist lange her.

Jetzt greift eine Hand nach seiner Hand und erlöst auch das Kind, das unter dem Flügel sitzt und kein Kind mehr ist, sondern einssechsundachtzig, von seinem Alptraum. Es ist verschwunden, und statt dessen mischt Victor sich unter die Tanzenden. In seinen Armen hält er die Frau, die die vollkommene Liebe ist. Sie ist noch immer die Schulsekretärin, aber das macht nichts. Es stellt sich heraus, daß sie das Fest organisiert hat. Sie hat es für ihn, für Victor ausgerichtet. Sie möchte, daß er sich amüsiert. Und ob er das tut! Es ist ja nicht irgend etwas, was sie ihm bietet. Es ist: daß alles möglich ist. Alles!

Allein die Art, wie sie tanzt! Sie tanzt nämlich gar nicht. Sie bewegt sich im Raum mit vollkommen auf ihn abgestimmten Bewegungen. Was sie auch tut, wie sie den Kopf dreht, die Füße setzt, hat er kurz vorher, einen winzigen Augenblick vorher, gedacht. Und nicht gedacht: gewünscht, nein, ersehnt, er hat sich danach verzehrt – und sie tut es. Sie tut es genau auf die Art, nach der er sich so gesehnt hat. Einmal, ein einziges Mal, wird ihm alles zuteil. Er küßt sie, und es ist wie sonst nur in Filmen, ein langsames Zueinanderneigen und ungehindertes Fließen der Gefühle, an dem der Zuschauer soviel teilhat wie die, die es tun, oder mehr. Und Victor tut es und ist der Zuschauer, beides in einem. Das war es, was ihm bisher gefehlt hat, und sie hat es möglich gemacht.

Sie werden umstanden. Die anderen haben sich eingefunden und schauen ihnen zu. Es gehört zur vollkommenen Liebe, daß andere da sind. Das hat Victor nicht gewußt. Alle Einsamkeit ist vorbei. Kein Gedanke mehr an die qualvollen Augenblicke, die eintraten, wenn er zum erstenmal mit einer Frau allein war. Eine Tür fiel ins Schloß, und nun sollte er zaubern und konnte es nicht und tat so, als ob er es könnte. Das ist vorbei.

Er streift ihr das Kleid von den Schultern, und es fällt einen Augenblick, einen winzigen Augenblick, bevor er es tut. Die Zuschauer seufzen vor Bewunderung. Sie ist schön. Sie ist vollkommen schön. Niemand hat es anders erwartet. Er ist gespannt auf das, was geschehen wird, und gleichzeitig weiß er es schon. Er spürt schon, daß er es jetzt tun wird. Aber was, das bestimmt sie. Die Zuschauer scheinen das Spiel zu kennen. Sie rufen ihr zu. Sie feuern sie an. Das braucht sie gar nicht. Sie weiß Bescheid. Es ist jetzt soweit, daß es nur im Liegen weitergehen kann, und alle halten für einen Moment den Atem an – da liegen sie schon im Bett. Kein Übergang, keine Vorkehrungen. Alles ist leicht. So leicht, als wenn es gedacht wäre. Vollkommen mühelos. So mühelos wie für die Zuschauer oder den Leser. Er treibt fast ohne Bewegungen auf einen Höhepunkt zu, und je mehr, desto deutlicher weiß er plötzlich: die Frau, die auf ihm liegt, ist ein Mann. Er kann es nicht glauben. Er ist verführt worden. Aber es ist zu spät, um einzuhalten, und in einer Welle von Lust und Entsetzen spürt er sich selber als Frau und gleichzeitig die Erleichterung, die darin liegt, es zu wissen. Alles ist richtig und in Ordnung und gut.

Die Verwunderung, mit der Victor aus dem Traum auftaucht, gehört noch dazu. Er hört, wie die Schritte auf dem Gang sich entfernen und bald darauf das gleichmäßige Tippen aus dem Büro. Er hat das Gefühl von etwas sehr Angenehmem, an das er gerade noch dachte. Aber er weiß nicht, was es war. Er kann sich nicht mehr erinnern.

Aktäon

Am Tag, der der Nacht voranging, in der er sich in den Kopf schoß, ging Johann Heinrich am Nachmittag noch auf die Jagd. Er tat es aus Lust, aus Verzweiflung und aus Gewohnheit.

Alfred, der Kutscher oder Chauffeur oder jedenfalls Fahrer war, ein mürrischer, undurchsichtiger Mann von unbestimmtem Alter, der noch nicht lange im Dienst der Familie stand und zusammen mit Karl, dem Gärtner, über dem ehemaligen Pferdestall wohnte, in dem jetzt der Vorkriegs-Daimler »Prinz-Heinrich-Typ« stand und daneben in einer der alten Boxen ein Reitpferd, das niemand ritt, die Stute »Victoria«, durchgefüttert wurde, was Karl besorgte, denn Alfred traute niemand genügend Tierliebe zu, dafür sprang der Daimler jedesmal, aber auch jedesmal sofort unter Alfreds Händen an – er wurde später gefragt, ob er an diesem Nachmittag irgend etwas Auffälliges beobachtet habe, etwas vom Üblichen Abweichendes im Verhalten seines Dienstherrn, was er verneinte. Aber Alfred sah aus wie jemand, dem Auffälliges auch dann nicht auffallen würde, wenn es auffällig wäre.

Sobald er den Motor abgestellt hatte, nahm er die Miene eines Menschen an, dem das Leben als eine einzige große Zumutung erscheint. Er hatte nichts bemerkt. Die Fahrt war, wie immer, fast stumm verlaufen. Ein ungewöhnliches, wenn auch kaum hörbares Rasseln im linken Kotflügelbereich hatte ohnehin seine ganze Aufmerksamkeit gefordert. Er hatte erwogen, den Herrn darauf aufmerksam zu machen, dann aber, im Hinblick darauf, daß er genügend Zeit haben würde, den ganzen Nachmittag bis nach Einbruch der Dunkelheit, der Sache auf den Grund zu gehen, davon Abstand genommen. Der Herr hatte sich, wie er das meistens, vor allem im Winter, tat, ans Dreifeldereck bringen lassen, eine Stelle, die mitten zwischen zwei Ortschaften lag und von wo aus kein Haus von der einen und keins von der anderen mehr sichtbar war. Ein paar hundert Meter weiter sieht man das Dorf Rinschede unter sich liegen und wundert sich, daß es so nah ist. Aber der Herr hatte wohl die andere Richtung eingeschlagen. Genau konnte Alfred sich nicht mehr erinnern. Er hatte nämlich sofort die Motorhaube geöffnet und nach der Ursache des Rasselns gesucht. Dabei war ihm die Zeit gar nicht lang geworden, und ehe er sich besann, sich im nächsten Wirtshaus zu wärmen, war es schon dämmrig geworden. Er war ins Auto gestiegen und hatte gewartet und sich gewundert, daß es so lange dauerte. Manchmal hatte er in der Ferne Hundegebell gehört und gehorcht, ob es näher kam, aber dann hörte er wieder nichts mehr. Es war auch neblig geworden und fast ganz dunkel. Er hatte schließlich gar nichts mehr gesehen und mehrmals die Scheibe gewischt, weil er glaubte, daß sie von innen beschlug, und merkte, daß sich von außen der Nebel als feiner Eisfilm festsetzte. Er stieg aus und erschrak entsetzlich, als plötzlich der Herr vor ihm stand, als sei er die ganze Zeit dagewesen, und auch der Hund. Sie kamen nicht. Sie waren einfach da, bewegungslos, lautlos. Das habe aber am Nebel gelegen. Und an der Dunkelheit. Er sei nur so erschrocken. Sonst sei ihm nichts aufgefallen, und sie seien dann auch gleich gefahren. Wieder fast stumm. Aber das sei normal gewesen.

Johann Heinrich war müde. Er schlief auf der Fahrt sofort ein wie ein Kind. Er war so müde wie nach einer langen, nach einer tagelangen Jagd.

Der Jäger hat sich im Wald verirrt, er, der hier jeden Pfad kennt. Er weiß nicht mehr weiter. Wohin er sich wendet, es starrt ihn alles mit Fremdheit an. Er ist in die Wildnis geraten. Vor seinen Augen verwischt sich die Grenze zwischen Himmel und Erde, so klar, so verläßlich, und löst sich in kalten Nebel auf. Jetzt ist nichts mehr sicher. Sein Hund ein gefährlicher Schatten, der nicht von seinen Fersen weicht. Fremd. Sieht ihn mit den Augen der Wölfin an, die er einmal war. Er kann sich verwandeln.

Der Boden zu weich, zu elastisch. Er schluckt das Geräusch seiner Schritte und hat Appetit auf mehr. Er spielt mit ihm, schnappt hier und da einmal zu, läßt den Widerstand spüren, der entsteht, wenn sein Stiefel einsinkt, ganz kurz nur. Er zieht ihn wieder heraus und läuft weiter.

Wenn er einhalten dürfte! Er könnte, ein Kind, im weichen Moos schlafen, und seine Eltern, voll Reue und Herzeleid, suchten schon längst nach ihm, liefen im Wald umher, riefen Hänsel! und Gretel!, und niemals mehr, das würden sie versprechen, niemals mehr ließen sie ihn allein! Aber das Moos ist von Eis getränkt, und er steht unter dem Gebot der Jagd. Er muß weiter. Er atmet schwer. Der Nebel füllt seine Lungen und gibt keinen Sauerstoff ab. Er weiß nicht mehr, was er jagt. Aber daß er es noch nicht hat, weiß er. Er spürt, daß es sich von ihm entfernt, statt daß er sich ihm nähert. Keuchend und immer entkräfteter folgt er der Spur.

Die »Werke« – so nannte Johann Heinrich alles, was ihm gehört – die »Werke« gehörten ihm eigentlich nicht mehr. Es war so langsam, so unmerklich dahin gekommen, daß er es erst jetzt wirklich sah. An diesem Nachmittag in dem Waldstück bei Rinschede erst. Er lehnte sich an einen Baum und sagte es laut vor sich hin: »Nichts geht mehr.« Er war kein Spieler, und doch hatte er verloren. Und der Verlust war so anders, so überraschend anders, als er ihn erwartet hatte, daß er ihn lange Zeit gar nicht als solchen erkannte. Er kam nicht als Not, als Bankrott, als weithin sichtbares Unglück. Er kam diskret, er kam höflich wie ein Bankier in der City von London, der mit einem Kunden den Lunch nimmt – man spricht über alles, aber nicht übers Geschäft, streift Gesellschaftsklatsch, analysiert die Weltwirtschaftslage – und dann durch die Art, wie er seine Serviette faltet und plötzlich sehr eilig ist und sich verabschiedet, er hat noch einen Termin, zu erkennen gibt, wie es steht. Es ist aus. Der Verlierer bleibt sitzen, versucht zu zweifeln. Dann überdenkt er das Ausmaß der Niederlage, die vor seinen Augen ins Unermeßliche wächst. Er spürt das Unangemessene seines Nochhierseins. Er will zahlen. Die Rechnung ist schon bezahlt. Doch jede Höflichkeit ist von nun an mit Verachtung gemischt in einem Verhältnis, das er nicht müde wird, bestimmen zu wollen. Es wird jetzt den größten Teil seiner Aufmerksamkeit beanspruchen, das Maß zu erkennen, in dem man ihn nicht mehr so achtet wie früher. Und unterdessen wird die Katastrophe Zeit haben, sich zu entfalten. Er kann nichts tun, ihr zu wehren. Er steht schwerfällig auf und läßt sich an der Garderobe den Mantel reichen. Aus den Augenwinkeln beobachtet er den jungen Mann, der ihm hineinhilft, und ist sich nicht einmal mehr über die Höhe des Trinkgeldes im klaren. Er tritt auf die Straße hinaus, indem er immer noch Schilling um Schilling abwägt. Der Strom der eilenden Menschen nimmt ihn nicht mehr auf.

Der Krieg war schuld. Johann Heinrich war sicher, daß er nichts falsch gemacht hatte. Der Krieg war es. Oder daß er jetzt vorbei war. Das machte Johann Heinrichs Lage so ausweglos. Und die Verwandten. Zwei Vettern von ihm und zwei Brüder. Zu fünft hatten sie vor dem Krieg die Umwandlung in eine Aktiengesellschaft vorgenommen. Natürlich blieb alles in der Familie und Johann Heinrich im Vorstand, und als der Krieg begann mit seiner traumhaft ansteigenden Nachfrage nach Roheisen für Geschütze und Handgranaten, für Panzerplatten, Minenwerfer und Kampfwagen, da ging alles wie von selbst, und die Produktion sprengte bald den Rahmen des Möglichen. Die anderen sprachen von Investitionen und Erweiterung. Johann Heinrich war mehr dafür, die vorhandene Kapazität auszunutzen und sich am Gewinn zu erfreuen. Er träumte von Jagden im Ardennerwald nach dem Ende des Krieges. Dann plötzlich war gegen seinen Willen die Kapitalerhöhung beschlossen. Er hatte sich widersetzt und war überstimmt worden. Überstimmt worden! Er, ohne den die anderen vier nichts weiter als Handlungsgehilfen gewesen wären, allenfalls Prokuristen! Er dachte nicht daran, sich unterzuordnen. Er nicht! Er hatte zum erstenmal das Gefühl, nach etwas gegriffen zu haben, was er nicht bekam, weil schon ein anderer da war und noch einer, noch einer, noch einer, der es begehrte. Sie waren ein bißchen schneller.

Statt weiterzudenken und Pläne zu machen, hatte er wochenlang darüber nachgedacht, was wäre wenn. Wenn er der Umwandlung in eine Aktiengesellschaft nicht zugestimmt hätte. Schon 1913. Es wäre besser gewesen. Im nächsten Augenblick dachte er: Aber falsch gemacht habe ich nichts. Er hatte schlaflose Nächte. Zur gleichen Zeit tobten Materialschlachten bei Verdun, an der Somme und in Flandern, in denen Stahl zerbarst und verschmolz und verbog, und sein Herz schlug voll Pflichtgefühl und bangem Patriotismus. Doch immer, wenn es in ihm sprach: Hier bin ich. Mit meinen Arbeitern und meinen Hochöfen bin ich zur Stelle – erhob sich eine andere, vollkommen unpatriotische und gehässige Stimme und flüsterte: Wieso deine? Die Arbeiter und die Hochöfen, eben die »Werke«, gehörten ihm nicht mehr, jedenfalls nicht mehr ganz und gar, nicht mehr ungeteilt. Wenn er besaß, wollte er ganz besitzen. Eine seltsame Wandlung war eingetreten. Die »Werke« konnten sein Lieblingskind nicht mehr sein. Sie hatten sich ihm entzogen. Sie fügten sich einem Aufsichtsrat. Es war der Zug der Zeit, aber es war doch ein Abfall und, wenn er auch selbst daran mitgewirkt hatte, so etwas wie ein Verrat. Es war alles beim alten geblieben, sein altes Büro, die Mitarbeiter, die ehrerbietigen Grüße, und trotzdem schien es ihm, als wiche alles vor ihm zurück, als begegne ihm alles – und alles, das waren die Arbeiter und die Hochöfen, die Büros und die Angestellten, ja auch seine Feinde, die Brüder und Vettern und Mitaktionäre – mit einer Unverbindlichkeit, die er nicht dulden dürfe. Und als er ihr Einhalt gebieten wollte, sein Recht wiederherstellen, das Recht auf uneingeschränkten Besitz war, da mußte er feststellen, daß er die Macht nicht mehr hatte, etwas zu ändern, und daß genau darin die Unverbindlichkeit lag. So kam es, daß er bei steigender Produktion, die der Krieg mit sich brachte, und bei beträchtlichen Gewinnen den »Werken« seine Liebe entzog und sich nach anderem umsah. Nach etwas, das sich ihm ungeteilter zu eigen gab und seine Liebe erwiderte.

Lange schon hatte er heimlich und nebenher ein neues Lieblingskind großgezogen. Ihm floß alles zu, was die Rohstahlproduktion abwarf. Es war ein Zweigwerk, das er bei der Umwandlung vor sechs Jahren für sich behalten hatte, so wie jemand ein paar Taler in seinem Garten vergräbt und denkt: Es mag nicht rentabel sein, doch es ist sicher. Er sät Blumen aus an der Stelle, und jedesmal, wenn er vorübergeht, bleibt er stehen und betrachtet sinnend ihr Blühen.

Johann Heinrichs Saat war zunächst ganz wunderbar aufgegangen. Sein Werk hatte sich auf die Herstellung von Stahlhelmen spezialisiert. Das war jetzt vorbei. Er brauchte dringend Kapital für die Umrüstung der Fertigungsanlagen. Aber das brauchten sie alle. Alle, die bisher für die Rüstung produziert hatten. Auf dem Kapitalmarkt herrschte die größte Vorsicht.

Johann Heinrich belieh sein Haus. Das Haus im Park. So weit war es mit ihm gekommen. Wenn man genau hinsah, war es verschuldet. Es tat ihm weh. Er besah es von außen. Er ging durch die Räume und spürte auch hier, wie etwas vor ihm zurückwich, das sich ihm bisher gefügt hatte. Unsichtbar, aber deutlich. Es war dasselbe Haus und war dasselbe Haus nicht mehr. Wo er sonst Freude empfunden hatte, wenn er in den Torweg einbog und auf das Portal zufuhr, fühlte er jetzt einen Stich und die Sehnsucht nach einer Sicherheit, die er nirgends mehr fand. Er wanderte ruhelos durch den Park und quälte sich mit der Vorstellung, daß er und Clara und alle hier ausziehen müßten, um anderen, glücklicheren den Platz zu räumen. Er sah Mademoiselle, entlassen, ihre Koffer hinaustragen und verlor sich in herzzerreißenden Einzelheiten eines endgültigen Abschieds. Dann wies er sich selber zurecht. Der Krieg, der Krieg war an allem schuld. Und so schlecht stand es ja gar nicht um ihn. Er hatte schließlich noch die Beteiligung an den Hütten. Und fühlte sofort wieder den Stich: Der Vorstand war neu gebildet worden, während er Stahlhelme produzierte. Die Brüder und Vettern, vom Aufsichtsrat in ihren Funktionen bestätigt, hatten ihm lachend auf die Schulter geklopft, als wenn er von ihnen als einer, der unter allen Bedingungen immer das bessere Los zog, beneidet zu werden verdiente. Ein anderer hatte jetzt den Vorsitz im Vorstand. Die Aktien waren seit Kriegsende erschreckend gefallen und konnten, so sagte sich Johann Heinrich, sie konnten nicht steigen, solange die lothringischen Erzgruben nicht verfügbar waren. Sein Patriotismus war mit ihm schwermütig geworden. Er hatte gar keine Hoffnung. Er sprach mit den Brüdern und Vettern über Maßnahmen der Einschränkung und Verkleinerung, die eine Herabsetzung des Grundkapitals bedeutet hätten. Es würde nie wieder werden wie vor dem Krieg! Die anderen waren entsetzt. Sie glaubten ihrerseits fest an die Zukunft. Sie hatten gerade eine Sonderzuweisung an Rohstoffen erwirkt. Ahnungslose Optimisten! Wo doch das Gegenteil von allem bewiesen war.

Langsam, ganz langsam war in ihm der Wunsch, auszusteigen, gewachsen. Zunächst nur in der Form eines Unbehagens, das nicht genau wußte, wo es herkam. Er hatte stundenlang irgendwo sitzen können, egal mit wem, und die Versailler Verträge beseufzen. Fünfundsiebzig Prozent der deutschen Eisenerzförderung und achtundzwanzig Prozent der Steinkohleförderung an die Sieger! Dazu war die Mark nur noch zwanzig Pfennige von der Vorkriegsmark wert. Er hielt es für offenkundig, daß er als deutscher Stahlproduzent das eigentliche Kriegsopfer war.

Nichts war mehr wie vorher. Es half nicht mehr zu besitzen. Das war es, was ihn so quälte. Er besaß ja noch. Aber was er besaß, war nichts mehr wert. Wohin er auch blickte, wohin er sich wandte – überall spürte er den Sog des Nichts. Beim Geld fängt es an. Das hatte er immer gewußt. »Die Mark wird bald wieder ganz stabil sein«, sagten die Brüder und Vettern. »Es wird eine Inflation geben, wie wir sie noch niemals hatten«, entgegnete Johann Heinrich. Er sah es vor sich: Das Gold, das in seiner Hand zu nichts wurde, ein Krümel, ein Stäubchen, und schwand, während sich Berge von Papiergeld auftürmten, die mit jedem Windstoß davonfliegen konnten. Es nützt nichts, daß man hinterherrennt und daß man auffängt und rafft, soviel man greifen kann. Es ist ja nichts wert. Er steht wie gelähmt und starrt auf das Treiben. Er kann sich nicht daran beteiligen, selbst wenn er es wollte. Es hält ihn etwas zurück. Es fehlt ihm die Hoffnung. Nichts gibt es, woran man sich halten kann. Fleiß, Ehrlichkeit und Beständigkeit! Treue! Er hat auf die Treue der Arbeiterschaft gezählt. Solange er denken kann. Immer. Dann sind im vergangenen Frühjahr 345tausend von 375tausend Bergarbeitern in den Generalstreik getreten. Fast alle. Er konnte es gar nicht glauben. Wie sollte ein Arbeitgeber, wie sollte er, Johann Heinrich, jemals die Spreu vom Weizen sondern, die dreißig Gerechten unter den 375 potentiell Abtrünnigen entdecken? Er resignierte und dachte doch manchmal, es müsse möglich sein, vielleicht im kleinen, im überschaubaren, kontrollierbaren kleinen, eine Bastion zu errichten, von der aus gekämpft werden konnte. Er hatte tatsächlich immer öfter daran gedacht zu verkaufen, die Anteile am Hüttenwerk zu verkaufen – er hatte schließlich immer noch die Majorität – und dann alles, was er besaß, in das Zweigwerk zu investieren. Krupp setzte auf den Ausbau der Reichsbahn. Es gab auch im Frieden einen Markt zu beliefern. Er sah sich durch Werkshallen gehen, in denen er jeden Arbeiter kannte. Sie beugten sich über die Arbeit. Ein Wort des Zuspruchs von ihm – und ihr Eifer verdoppelte sich. Er sah sich vor zwei- bis dreihundert offenen Mündern sprechen. Über die Pflicht und den Wiederaufbau. Über das Vaterland und die Treue.

Dann setzte sich plötzlich in ihm die Stimme des Kaufmanns durch und unterbrach seine Träume. Der Kaufmann in ihm war von früh an dazu erzogen, unbestechlich zu sein, den Wert einer Zahl zu erkennen und nichts als dies. Er rief ihm den Stand der Aktien zu, schüttelte verzweifelt den Kopf, sagte: das ist der Tiefstand, du weißt es, niemals darfst du jetzt verkaufen! Er war entschlossen zum Widerstand, falls Johann Heinrich darangehen sollte, die Pläne seines Herzens zu realisieren. Er war nicht bereit, eine Abweichung zu tolerieren.

Johann Heinrich überdachte das Ganze noch einmal. Er wollte alles, alles wollte er in Betracht ziehen, wie ihm vor langer Zeit ein Bankier, der ihn als jungen Mann in die Geheimnisse des Finanzwesens einführte, geraten hatte: Wer eine wirtschaftliche Entscheidung trifft, muß alles bedenken, keinen Gesichtspunkt auslassen, weder was die Grundlagen noch was die möglichen Folgen betrifft. Denn was man auch übersieht, es kann sich als Feind entpuppen und kann sich rächen. Er hatte diesen Rat vielfach an andere weitergegeben. Er war so klar, so einsehbar und sicher. Johann Heinrich, ein Jäger im schneelosen Winterwald, in den Nebel und Dämmerung einfällt, sitzt auf einem Baumstumpf und kreist in Gedanken die Möglichkeiten ein, die ihm bleiben. Er läßt keine aus. Er stellt fest: Es bleibt nichts. Er hat alles bedacht. Er weiß, daß nichts nicht überhaupt nichts ist. Er ist ein vernünftiger Mann und kann Zahlen addieren und feststellen, daß er reich ist. Nichts heißt: keine Sicherheit. Nichts heißt: nichts, woran man sich halten kann. Er legt dem Hund die Hand auf den Kopf. Der wendet sich, schaut ihn von unten an: Bereitschaft, Treue, Ergebung aus bernsteinfarbenen Augen und ganz in der Mitte ein bißchen heimtückisches Wolfsgrau. Oder auch nur die Möglichkeit von heimtückischem Wolfsgrau. Johann Heinrich erträgt es nicht. Er wendet sich ab. Komm, sagt er zum Hund, und sie suchen das Auto.

Und dann passierte es, daß Johann Heinrich den Weg nicht fand. Das war doch nicht möglich! Er hatte die Jagd seit zwanzig Jahren gepachtet und ließ sich oft dreimal die Woche hierherbringen. Er fand sich in der Mitte einer Art Lichtung, konnte aber den Waldrand schon nicht mehr erkennen. Er sah nach oben und hoffte, den westlichen Himmel zu finden, aber der Nebel war viel zu dicht und alles gleichmäßig trübe. Er ging aufs Geratewohl in eine Richtung und dann immer tiefer in den Wald hinein. Aber der Wald war größer, als er wirklich war. Er nahm kein Ende, wo er schon längst zu Ende war. Er lehnte sich an einen Baum und merkte, daß er die ganze Zeit weinte. Er weinte und konnte nicht weinen. Er wußte nicht wie. Er hatte es vierzig Jahre lang nicht getan. Bei dem Gedanken weinte er mehr, und ein Schluchzen, so laut, so furchtbar, durchfuhr den Wald, daß er entsetzt einhielt und den Hund ansah, der von ihm abgerückt und nicht mehr weit davon entfernt war zu knurren. Er ging hastig weiter. In irgendeine Richtung. Egal. Am Knacken hinter sich konnte er hören, daß ihm der Hund folgte.

Da wußte er, daß er es war, auf den Jagd gemacht wurde. Er rannte und keuchte und schwitzte. Der Hund blieb auf seinen Fersen und hechelte hinter ihm her.

Dann tauchte plötzlich das Auto ganz unmittelbar vor ihm auf. Eine Falle. Auch Alfred gehörte dazu. Mit scheinbarer Höflichkeit öffnete er ihm die Tür.

Der kleine Carl hatte zuviel Kuchen gegessen. Am Tag zuvor war Mamas Geburtstag gewesen. Die Gäste am Nachmittag hatten ihm Schokolade und Marzipan mitgebracht, und weil niemand auf ihn achtgab – Mademoiselle war merkwürdig abwesend an diesem Tag –, hatte er in einer Ecke des Kinderzimmers schnell alles in sich hineingestopft, bevor Ernst und Franziska dazukommen und ihren Anteil verlangen konnten. »Du bist noch krank«, hätten sie wieder geschrien und ihm alles weggenommen. Und die Erwachsenen hätten ihnen recht gegeben: »Ja wirklich, Carl, Süßigkeiten verträgst du noch nicht!« Darum war es besser gewesen, daß er sie gleich aß.

Am Morgen wachte er davon auf, daß ihm schlecht war. Er hatte sofort die Angst, ins Bett zu erbrechen, und rief nach Mademoiselle. Er rief »Mama!«, aber er meinte Mademoiselle, weil er wußte, daß Mamas Zimmer viel zu weit weg war und nur Mademoiselle ihn hören konnte. Aber sie hörte ihn nicht. Er wollte aufstehen, merkte aber, daß er das nicht mehr konnte. Er blieb liegen und atmete tief und wunderte sich, daß er stöhnte.

Er war es gewöhnt, daß man ihm eine Schüssel brachte. Es hätte auch eines der Mädchen sein können, nur brauchte er irgend jemand. Er wollte das Bett nicht beschmutzen. Er wollte das wirklich nicht. Er stöhnte jetzt lauter. Und in seiner größten Not rief er dann doch: »Mademoiselle!« und durfte nicht länger warten. Mit seiner letzten Kraft stand er vom Bett auf und stürzte, den Mund schon voll mit Erbrochenem, zur Waschschüssel und übergab sich.

Es war auch nicht recht. Das schöne Waschwasser so zu verunreinigen. Man würde bestimmt mit ihm schimpfen. Es war keine Lösung gewesen. Er brauchte genauso dringend Hilfe wie vorher. Er wollte zur Tür, auf den Gang und zu Mademoiselles Zimmer, aber er merkte, daß er zu schwach dazu war, und schleppte sich wieder ins Bett. Er hatte entsetzlich gefroren mit seinen nackten Füßen und in seinem dünnen Nachthemd. Er zitterte und wurde auch unter seiner Bettdecke nicht wieder warm.

Ob es noch Nacht war oder schon Morgen? Im Winter weiß man das manchmal gar nicht genau. Man muß auf Geräusche achten. Ist schon jemand auf? Es gibt auch Nachtgeräusche: Der Fußboden knarrt wie bei Schritten. Aber es ist niemand da. Und der Wind: Tagsüber weht er auch, aber stumm. Nachts hat er eine Stimme. Er heult und stöhnt und führt ein ganz und gar fremdes, feindseliges Leben. Er droht. Zum Glück hält das Haus ihn ab. Es hat Wände, die alles, was innen ist, vor dem, was außerhalb ist, beschützen. Sie lassen es nicht hinein. Vor allem nicht, solange es Nacht ist.

Darum glaubte Carl, daß schon Morgen sein müsse. Er konnte Schritte hören, deutliche Schritte. Und Stimmen. Hatte er nicht auch Stimmen gehört? Sobald er sich etwas erholt hätte, würde er aufstehen und nachsehen. Dann hörte er plötzlich etwas ganz Fremdes. Ein Heulen und Stöhnen, das weit entfernt war. Aber es war nicht der Wind. Es war im Innern des Hauses, nicht außen. Deshalb konnte es nicht der Wind sein. Obwohl es sicherlich auch kein Mensch war. Carl horchte angespannt. Konnte das möglich sein: Die Erwachsenen führen das heimliche Leben, das abends stattfindet, wenn Kinder im Bett liegen, auch am Morgen? Sieh an! Sie gehen nicht nur später zu Bett, sie stehen auch viel früher auf, und alles, was in dieser Zeit geschieht, bleibt vor Kindern verborgen. Er hätte schon eher darauf kommen können: Die hastige Art, in der sie ihn abends zu Bett brachten. Schlaf schnell, Carl! – Warum schnell? Immer hatten sie noch etwas vor. – Bleib doch, Mama! – Aber Carl! Du mußt schlafen! Schnell, deck dich zu! – Wo gehst du denn hin, Mama? Warum bist du so schön? Aber sie hatte schon längst angefangen zu beten. ». . . alle Menschen groß und klein . . . « sagte sie und war groß und stand auf und verließ ihn.

Und morgens ließ sie sich gar nicht blicken. Da schickte sie Mademoiselle und frühstückte erst, wenn er schon lange in der Schule war. Daß er erst jetzt darauf kam: Der Tag beginnt in der Nacht! Nicht erst, wenn die Kinder aufwachen.

Er war doch erleichtert, seit er seinen Magen entleert hatte. Obwohl er immer noch fürchterlich fror, versuchte er aufzustehen. Er hatte wieder das Stöhnen gehört, sehr fern, aber deutlich. Außerdem Schritte auf der Treppe und Türenschlagen. Es konnte kein Zweifel mehr sein, daß Tag war. Er stand auf, zog seine Hausschuhe an, die vor dem Bett standen, und ging auf zitternden Beinen zur Tür.

Carls Zimmer lag nah an der Treppe. Mamas und Papas Zimmer waren weit weg am Ende des Ganges, wo eine Tür auf einen Seitenbalkon hinausführte, auf dem Papa eines Morgens im Sommer gestanden hatte, ein Gewehr in der Hand. Und Carl, der aus seinem Zimmer gekommen war und ihn sah, hatte sich, statt Mademoiselle zu folgen und zum Frühstück hinunterzugehen, heimlich zu ihm geschlichen, ganz leise, weil er sofort wußte, daß er jetzt leise sein mußte. Und Papa, das Gewehr im Anschlag, hatte sich nicht einmal zu ihm umgesehen, nur geflüstert: »Paß auf, Carl, was ich jetzt mache!« Dann war eine Katze vom Baum gefallen, und Carl sprang vor an die Brüstung und sah sie im Gras unten liegen und zucken.

Carl sah Papa an und strahlte, und Papa strahlte zurück, und es war ein strahlender Morgen. »Ich mußte sie schießen«, sagte Papa. »Sie gehört uns nicht. Sie hat die Singvögel im Park gejagt.«

Die konnten jetzt wieder singen, sie jubilierten viel schöner als vorher, nachdem sie sich von dem Schuß erholt hatten, Insekten summten, die Sonne schien durch die Bäume, die Katze tat noch einen Schrei und zuckte dann nicht mehr: Es war ein herrlicher Morgen. Carl durfte das Gewehr hinuntertragen und mit anhören, wie Papa Karl den Gärtner anwies, den Katzenkadaver zu entfernen. Carl hatte ihm helfen wollen, aber der Gärtner war richtig böse geworden. »Verstanden, Carl«, sagte er, »das mache ich allein.« Daß die Erwachsenen immer so heimlich tun müssen! Er wagte ihn später nicht einmal zu fragen, was er mit der Katze gemacht hatte. Hatte er ihr das Fell abgezogen? Oder sie eingegraben, wie sie war? Oder verbrannt? Vielleicht wärmte er sich mit ihr die Füße, wenn er im Kutscherhaus saß und fror. Carls Zukunft ist eine Zukunft, in der er Bescheid wissen wird, die meisten Fragen beantworten und fast alle Rätsel lösen.

Auch dieses: Am dunklen Wintermorgen, als es noch lange nicht hell wird, ist Leben im Haus. Carl spürt es, obwohl er bis jetzt noch nichts sieht. Es ist so, als ob ein Tier im Haus wäre, ein fremdes, wildes Tier, das in einen Käfig gehört: ein Löwe. Wie, wenn er es jetzt fände? Die anderen suchen, sie haben Fallen gebaut, sie lauern ihm auf, sie wollen es unbedingt fangen. Und während sie auf der Jagd sind, bewaffnet und voller heimlicher, wohlausgedachter Pläne, läuft das gehetzte Untier zu Carl, halb zufällig, halb auch, weil er so nett ist und weil es Schutz sucht bei ihm. In Windeseile läßt es sich zähmen: Es hat in ihm seinen Meister erkannt. Er legt ihm die Hand auf die Mähne.

Da kommen die anderen. »Um Himmels willen!« schreien sie, als sie Carl bei dem Löwen stehen sehen oder den Löwen bei Carl, und: »Nicht schießen!« ruft der, »ihr braucht keine Angst zu haben!« und zeigt ihnen, wie man mit Löwen umgeht. Aber nur er darf ihn kraulen. Der Löwe knurrt schrecklich, wenn ihn ein anderer anfaßt.

Er muß in Papas Zimmer sein. Carl hat es jetzt wieder gehört. Spät in der Nacht oder früh am Morgen ist etwas in Papas Zimmer geschehen. Die Tür steht offen. Carl sieht das Licht auf dem Gang. Aber er darf nicht hingehen. Niemals darf er in Papas Zimmer gehen. Papa würde furchtbar schimpfen. Das heißt, er würde das Schimpfen Mama überlassen, zumal jetzt, wo offenbar Wichtiges vorgeht, Heimliches, wie es, wenn Kinder schlafen, geschieht.

Es geschieht, daß die Welt sich verändert, vollkommen verändert, wie in dem Märchen vom Mann, der den Riß in der Erde entdeckte. Durch ihn gelangte man in den Berg. Man konnte einfach hineingehen. Er wollte zuerst nicht, etwas in ihm war dagegen. Aber dann zog es ihn doch. Er erlag der Versuchung, zu vergessen, woher er kam, und als er irgendwann Licht sah, das durch einen schmalen Spalt fiel, Licht von der Sonne, da fühlte er etwas wie Wiedererkennen. Er stieg hinauf an die Welt, bis er wieder im Licht war, durchflutet, geblendet, und glaubte, daß er vielleicht eine Stunde im Berg gewesen sei, und stieg hinab in das Tal. Da lagen die Häuser verfallen, die Mauern zerborsten, und Ziegen grasten in alten Gemäuern. Er fragte den Hirten nach den Bewohnern des Dorfes: Seit hundert Jahren hatte man niemanden mehr hier gesehen. Er setzte sich auf die bemooste Schwelle des Hauses, das seins gewesen war: Niemandes Herz war so schwer. Hundert Jahre und mehr zwischen gestern und heute. Ein Traum, eine Nacht, und die Welt ist nicht mehr, wie sie war.

Aus Papas Zimmer kann man jetzt Stimmen hören.

Eine fremde Frau kommt heraus. Carl tritt zurück hinter seine Tür. Sie geht an ihm vorbei und die Treppe hinunter. Sie geht sehr langsam und vorsichtig. Und von oben kann Carl jetzt sehen, was sie vor sich herträgt: eine Schüssel voll Blut.

Papa hat also den Löwen erlegt! Er hat ihn getroffen! Aber er kann noch nicht tot sein. Sonst hätte Papa ihn gerufen und ihm die Beute gezeigt. »Ich mußte ihn schießen«, hätte er zu Carl gesagt, »er war gefährlich.« Und beide hätten sie zu ihren Füßen hinuntergeblickt, wo ein gelbes Fell liegen würde, ein hingebreitetes, leeres Fell mit einem Löwenkopf, ein Bettvorleger für Papa, auf den er unbedenklich den Fuß setzt, wenn er aufsteht oder zu Bett geht.

Nein, Carl konnte nicht dorthin. Der Löwe war noch nicht tot. Er ging in sein Zimmer zurück und machte die Tür zu. Er legte sich wieder ins Bett, das noch warm war, und lauschte nach Zeichen, daß endlich der Tag – der richtige Tag – anfing, der Tag, an dem Mademoiselle ins Zimmer kommen würde, aufstehen, mein Kleiner, und summen und lachen und die Vorhänge aufziehen, und etwas Angst war in ihm, daß sie niemals mehr käme – da hörte er plötzlich, wie das Unbegreifliche auch draußen geschah: Ein Wagen fuhr vor dem Haus vor. Er hörte Türen schlagen, Stimmen, die sich etwas wie Befehle zuriefen. Gleich darauf waren sie schon im Haus und auf der Treppe. Carl lief zum Fenster. Er versuchte im Dunkeln zu erkennen, was für ein Wagen da gekommen war. Das Licht der Scheinwerfer strahlte die Bäume an, so daß Carl es ganz deutlich erkannte: Sie waren aus Eis oder Bergkristall, seltsam bizarre Gebilde, unheimlich, fremd. Sie hatten sich mitverwandelt. Der Wagen, dessen Motor die ganze Zeit lief, erinnerte ihn an Bilder aus Flandern, die er gesehen hatte. Da waren Verwundete mit solchen Wagen fortgebracht worden. Vielleicht ist auch wieder Krieg, dachte er. Er hatte ohnehin nicht begriffen, warum der Krieg plötzlich vorbei war. So vieles begriff er nicht und hatte jetzt das Gefühl, daß er der Lösung von Rätseln nahe war und daß es viel mehr Rätsel gab, als er geahnt hatte. Das Unbegreifliche geschah hier. Hier, wo Carl war.

Er hatte keine Angst mehr. Er lief zur Tür. Er wollte dabei sein. Er wollte nun alles wissen.

Und niemand gab acht auf Carl. Alle waren so außer sich. Allen im Haus, Mama, Mademoiselle, der Köchin, den Hausmädchen, auch Ernst, der aber am Ende des Ganges nach hinten heraus schlief und erst aufwachte, als das Auto vor dem Haus abfuhr – ihnen allen war ja das Schreckliche geschehen. Sie hatten alle: »Nein, lieber Gott, nein«, geflüstert, bevor sie endgültig begriffen, und keiner hatte auf Carl geachtet. Der öffnete leise die Tür, und eben trug man etwas die Treppe hinunter, etwas, das ihn schon wieder an Flandern erinnerte: eine Bahre. Carl trat aus seinem Zimmer heraus – niemand, der ihn bemerkte –, er schlich zu der Brüstung, von wo er die Treppe sehen konnte, und sagte sein Leben lang zu sich selber: Ich konnte nichts sehen. Ich war noch zu klein. Die Brüstung war ja zu hoch. Und seine Erinnerung hielt willig bereit: einen Dreikäsehoch, der sich reckt und versucht, über die Brüstung zu sehen, die aus massivem Holz ist und verdeckt, was sich treppab weiter nach unten bewegt. Und lebenslang träumt er, daß er an Abgründen steht und plötzlich merkt, daß die Mauer, die ihn schützen soll, kaum bis zum Knie geht, ach, noch niedriger ist, sie ist ganz verschwunden, und er muß, muß an den Abgrund herantreten, wo ihn der Schwindel überwältigen wird. Niemals läßt Gott eine Hecke wachsen oder türmt Wände auf, um ihn zu schützen. Er hatte nämlich gesehen. Er war zehn Jahre alt gewesen. Die Brüstung reichte ihm nicht einmal mehr bis zur Brust.

Jakob und Esau

Was Victor niemals begreifen konnte: Carls Leidenschaft für die Jagd. Als Brüder wären sie Jakob und Esau gewesen. Carl ein entschiedener Esau mit all seiner Liebe zu Wildbret und Linsensuppe. Er streift durch die Wälder, und in dem Augenblick, wenn er das Wild erlegt, nur in dem einen Moment, wenn es, getroffen, verharrt, sich aufbäumt und niedersinkt, spürt er, daß er der Mensch ist, dem alles gehört. Vergessen sind der Zorn und die Ängste und das Bewußtsein der Unbeholfenheit, das ihn demütigt und quält. Gesprengt sind die Fesseln, die ihm die Gegenwart Jakobs anlegt. Im Wald ist er frei. Frei von dem Blick seiner Mutter, der niemals ihm gilt. Entzogen den Blicken des Vaters, die auf ihn gerichtet sind und ihm Angst machen, weil er spürt, daß er zu viel von ihm erwartet.

Verachtung, das ist es, was ihn erfüllt, wenn er zur Jagd geht. Nicht für das Wild, das er jagt. Nein, nicht für das schnelle, das scheue, das schöne Stück Wild, das Gott ihm zutreibt – er verachtet die anderen, alle, die glauben, daß Macht zu haben etwas anderes als töten sein kann. Er verachtet Jakob. Der eine Handbreit entfernt von der wahren Freiheit ist, in die man einfach hinausgeht und über Freiheit redet, über Recht und Gesetze. Der in dem Scheinkönigreich scheinbar herrscht, das er scheinbar errichtet, und nichts von der wirklichen Macht ahnt, die wirklich hat, wer einfach tötet. Jakob zu töten! Er legt ihn mit links auf den Rücken. Er läßt seine Rechte ein bißchen an seiner Gurgel spielen. Da kommt Rebecca gerannt. Schon gut! Schon gut! Er nimmt Pfeil und Bogen von der Wand und geht auf die Jagd.

Seine Demütigungen! Je unkörperlicher, je friedfertiger, je verbaler sie sind, desto demütigender sind sie. Das Blut steigt ihm in den Kopf, Schweiß tritt auf seine Stirn, die Schultern sacken nach vorne, und hilflos hängen die Arme wie Affenarme an ihm herab. Ein Zuviel an Kraft und an Blut und Muskeln und Körperlänge, das ihm zu schaffen macht wie etwas Peinliches, eine Laus im Bart oder ein lauter Schluckauf. Erst wenn er im Wald ist, kommt die Verachtung. Sie kommt ganz von selbst und ist eins mit der Reinheit der Luft und dem Triumph des Alleinseins. Sein Körper strafft sich, sein Schritt greift aus, und die Hand hält die Waffe umklammert. Der Wald hat auf ihn gewartet. Er tritt in ihn ein wie in eine andere Welt. Zum Schein hält der Wald die schöne Beute versteckt, die ihm zugedacht ist. Gewährt ihr Unterschlupf, aber er tut es nur scheinbar. Am Ende, am Rand einer Fichtenschonung, die still im Dämmerlicht liegt, spielt er sie ihm zu. Ein Knacken im Unterholz, eine Wendung, ein rasch sich bewegender Schatten – und dann der Moment: das gottgelenkte Zusammentreffen von Wild und Geschoß, die Ankunft im Herzen des Wildes, die tödlich und endgültig ist wie sonst nichts. Ein vollkommenes Glück.

Zärtlich betastet er das warme Fell an den Flanken. Sein Finger mißt die Öffnung am Hals aus, durch die das Geschoß eintrat. Er dreht das Wild auf den Rücken und biegt ihm das Haupt zurück. Es bietet ihm seinen Hals, seinen ganzen Körper bietet es ihm so dar. Jetzt erst hat er es sich ganz unterworfen. Er steigt zwischen die Hinterläufe, spreizt sie auseinander und führt den Akt der Inbesitznahme aus. Er greift zum Messer und tut den Schnitt, den er tun muß. Er löst mit der Linken die beiden Kugeln und zieht mit der Rechten die Samenstränge heraus. Dann zwängt er eine Hand in die Öffnung und drückt das Gescheide nach unten, während er langsam die Bauchdecke bis zum Brustbein öffnet. Er tastet sich vor bis dahin, wo der Schlund in den Brustkorb tritt. Mit beiden Händen umfaßt er den Pansen, drückt die Leber zurück und läßt, was ihm bläulich und glänzend aus den Händen quillt, neben dem Wild zu Boden gleiten. Mit der Kraft seiner Arme bricht er krachend das Schloß auf, das Blase und Nebenhoden und Waiddarm umschließt. Jetzt ist er nicht mehr zu halten. Er knackt das Wild wie eine Nuß, er bricht es auf wie eine Muschel, einen Flußkrebs, wie etwas, dessen harte Schale das Weiche und Zarte verbirgt, das innen ist. Innen führt er jetzt das Messer und schneidet das Zwerchfell von den Rippen. Er reißt mit kräftigem Ruck Herz, Lunge und Leber heraus. Prall, warm und von einer Zartheit und Glätte, der sonst nichts gleichkommt, ruhen die Nieren in seiner Hand.

Er sticht die Brandadern auf, hebt das Wild vorn etwas hoch und läßt die Erde soviel Blut trinken, wie sie will.

Er ist wieder ruhig geworden. Er fühlt sich jetzt einsam. Die Fliegen sind da. Die Sonne ist hochgestiegen. Er möchte mit jemandem reden. Er zieht das Wild in den Schatten, bedeckt es mit Zweigen, und macht sich schnell auf den Weg, um Träger zu holen. Er wird ihnen alles erzählen. Wie plötzlich dieser Hirsch vor ihm auftauchte, wie er der war, auf den er so lange schon gewartet hatte, wie er verschwand, wie er wieder auftauchte, überraschend, in Schußweite, eine heimliche Verabredung, wie er ... er fühlt etwas in sich aufsteigen, das ihm die Ruhe nimmt, die viel zu kurz war: die Lust auf die nächste Jagd.

Es ist wahr: Carl vernachlässigte sein Geschäft, um auf die Jagd zu gehen. In seiner Abwesenheit spielten schlampige Angestellte den Chef und tätigten nutzlose Scheingeschäfte, die keinen Gewinn brachten und ihm nichts weiter als die Illusion bescherten, daß er alles im Griff hatte, auch wenn er nicht da war.

Währenddessen bejagte er seine Wälder. Er fühlte sich als ihr Besitzer. Wenn er durch das nahegelegene Dorf fuhr, nickte er den Bewohnern auf Großgrundbesitzerart zu. Die Mädchen sahen zu Boden, als wenn er das Jus primae noctis besäße. Er stellte sein Auto am Ende des Dorfes ab und war, bevor er noch ausstieg und die Stiefel anzog, ein anderer Mensch. Sein Hund sprang vom Rücksitz und winselte vor Erwartung, umtanzte ihn und ließ auf jede Weise erkennen, daß er sein Gott sei. Er nahm sein Gewehr über die Schulter und war es. In diesem Augenblick gaben sich der lehmige Acker und Wald und Busch und Hügel und Tal ihm zu eigen. Er fühlte mit Genuß das Gewicht seiner Stiefel und ging quer über das Feld auf den Waldrand zu.

Die Welt schenkt sich, wem sie will. Es wurde allerdings leider von Jahr zu Jahr das Pachtgeld erhöht. Die Bauern, die ihre Traktoren abstellten, wenn Carl vorbeikam, und ehrfürchtig mit ihm sprachen, sie ließen sich den Grundherren- und Leibeigenenzauber, den sie mit viel Einsicht in die wahren Verhältnisse jahrelang nur zum Schein, wenn auch täuschend echt, mitgemacht hatten, immer teurer bezahlen. Sie grüßten wie immer devot und hatten in ihrer Gemeinderatssitzung eine Erhöhung um 200 Prozent beschlossen. Ach Carl. Auch hier, wo er einmal wahrhaft besaß, holte ihn der Mangel ein. Wie immer heimtückisch, überraschend, von hinten. Aber der Jäger in ihm, er allein, war nicht kleinlich. Er sah einmal über alles hinweg, überblickte das Tal von einem besonders schön gelegenen Hochsitz aus, die Kette der sanften Hügel, die dunklen, verlockenden Wälder und ganz in der Nähe ein Wiesengrund, aus dem der Nebel aufstieg, und beschloß, sich nach einem Teilhaber umzusehen.

Von da an bezahlte Herr Quickborn die Jagdpacht, Besitzer eines Baugeschäfts in der Gegend, der weniger jagen wollte als sich das Recht kaufen, jagen zu können. Er war nämlich eigentlich ein zufriedener Mensch und fand ein Genügen bei der erfolgreichen Abwicklung seiner Geschäfte. Er hatte nicht diese unstillbare Sehnsucht wie Carl und betrieb die Jagd nur auf Anraten seines Arztes, der ihm Bewegung in frischer Luft empfohlen hatte. So blieb Carl weiter der Herr im Revier. Er hatte zu Anfang ein bißchen Angst gehabt, dachte, das Wild und die Wälder rächten sich möglicherweise für den Betrug, indem sie sich ihm entzögen. Aber dann merkte er bald: Es war alles wie immer. Er trat in den Wald ein, und er gehörte ihm. Der Bock, den er schoß, hätte sich von niemandem sonst schießen lassen. Carl fand endlich eine Bestätigung dafür, daß er besaß von Natur aus. Er war imstande, das quälende Joch der Ökonomie abzuschütteln. Aber nur auf der Jagd. Und ein bißchen Betrug mußte immer dabei sein.

Victor durchschaute das Ganze, statt mit dem Trieb zur Nachahmung, mit Abscheu und war schon früh entschlossen, ein ganz und gar anderer zu werden.

Carl nahm ihn mit auf die Jagd, und selbstverständlich gab es eine Zeit der Leidenschaft für Waffen und ihre Handhabung und eine Zeit des Verlangens nach dem Moment, in dem das Wild – endlich, endlich – das Geheimnis seiner Unsichtbarkeit preisgibt. Und die Erregung, die nur abklingen kann, wenn ein Schuß sich gelöst hat, nur, wenn das Wild am Boden liegt und sich nicht mehr bewegt, war Victor nicht unbekannt. Aber das alles war viel zu sehr Carls Welt, zu sehr geprägt durch seinen Anspruch auf Souveränität, als daß es Victor zu Nachahmung reizen konnte. Getränkt auch von Carls Gefühlsseligkeit, der sich nie scheute, in Worte zu fassen, was seine Brust hob, wenn sich der Wald um ihn schloß. Wie hätte Victor jemals das Glück und die Freiheit im Wald finden können, wo er auf Schritt und Tritt seinem Vater begegnete: Carl, wie er, das Gewehr im Anschlag, auf dem Hochsitz hockt, wie er vorsichtig und fast geräuschlos die Fichtenschonung durchstreift und wie er, einen Bruch am Hut und in der Hand ein Messer, zwischen die Hinterläufe eines Zehnenders steigt.

Victor erinnerte sich mit Widerwillen an eine Treibjagd, an der er als Treiber teilnahm. Es waren zehn Jäger zusammen, darunter eine junge Frau. Sie stieg aus einem jagdgrünen Landrover, steckte ihr weizenblondes Haar unter eine Mütze, und Carl war vom ersten Augenblick an hingerissen von ihr. Auf ähnliche Art war Ruth einst vom Baum gefallen, nur daß diese hier Diana persönlich war. Er wich nicht von ihrer Seite. Er gab ihr Ratschläge, warf sich zu ihrem Beschützer auf – den sie nicht brauchte, doch um so mehr reizte es ihn, ihr Beschützer zu sein –, und am Nachmittag war er der schlechteste Schütze gewesen. Er hatte fast alles, was ihm vor die

Flinte gekommen war, ihr überlassen und zeigte, entgegen seiner Gewohnheit, nicht mehr das mindeste Interesse für seinen eigenen Erfolg. Es blieb Victor, der das Geschehen am Rande beobachten konnte, kein Zweifel mehr, welches heute Carls Wild war.

Sie ist nicht viel älter als ich, dachte er, und gleichzeitig: Aber sie wäre niemals mein Typ. Und dann wurde Victor – die Jagd war gerade beendet, die Strecke wurde auf einen offenen Anhänger verladen, und Jäger und Treiber standen herum und vertraten sich ihre kalten Füße – zum Zeugen eines Vorgangs, der später die verschiedensten Auslegungen erfuhr und lange noch in mehreren Versionen erzählt wurde. Die einen sagten, ein Treiber, ein Junge aus dem Dorf, der auf die typische Art, in der in jedem Dorf zwei oder drei einer Generation dem Fremden erscheinen, zwar nicht debil, aber doch nicht ganz zurechnungsfähig war und den man aus Mitleid für seine Eltern unter die Treiber aufgenommen hatte, habe aus dümmlicher Unachtsamkeit mit dem Fuß an das Gewehr gestoßen, das an einem Baumstamm lehnte. Die anderen, und das waren die meisten, darunter Carl und fast alle anderen Treiber, behaupteten, daß er das Gewehr in die Hand genommen und dann schnell wieder hingestellt habe und daß der Schuß in diesem Augenblick losgegangen sei. Der Obertreiber, ein junger Mann aus dem Dorf, hielt ihn sofort fest, indem er ihm einen Arm auf den Rücken drehte und ihn so hinderte zu fliehen. Er war nämlich, als sie ihn alle anstarrten im ersten Entsetzen, mit dem stupiden Gesichtsausdruck, den er nicht nur jetzt, sondern immer hatte, der aber wie für jetzt gemacht schien, nach rückwärts gewichen, als wenn er sich plötzlich umdrehen und in den Wald laufen wollte. Die Treiber umringten ihn, während die Jäger die Jägerin umstanden, die Carl umfaßt hielt. Die Mütze war ihr vom Kopf gefallen, ihr Blondhaar lag über Carls Arm, sie war leichenblaß und hielt die Augen geschlossen. Ein Jäger, der vor ihr kniete, hob ihr den Rock hoch und löste die blutigen Strümpfe. Es wurden ihr später im Krankenhaus zwanzig Schrotkugeln aus dem Schenkel geholt, nicht gerechnet die, die darin blieben, weil der Chirurg sie nicht finden konnte, ohne den Schenkel ganz zu zerschneiden, und die sich, wie er ihr versicherte, in ihrem Körper verkapseln und nicht mehr Schaden anrichten würden, als sie es im Körper der Jagdhunde taten, die in ihrem Jagdhundeleben ein paar davon abbekamen.

In dem Prozeß, den sie später gegen die Eltern des Jungen anstrengte und in dem auch der Jagdherr als verantwortlich für das Ganze angeklagt war, trat Carl als Zeuge auf. Im Gerichtssaal wurde der Mantel herumgereicht, den sie getragen hatte, ein Lodenmantel, der an seinem unteren Rand buchstäblich durchsiebt war mit winzigen, schrotkugelgroßen Löchern. Unter anderem hierfür begehrte sie Schadenersatz, worin Carl, der es sich verbot, an die Verwüstungen in ihrem ehemals makellosen Oberschenkel auch nur zu denken, ihr sehr wortreich beigepflichtet hatte. Das Bild vor seinem inneren Auge war das einer in seine Arme gesunkenen blonden Diana, deren bleiches Gesicht den Ausdruck der Hingabe hatte. Ihr Körper war von diesem Mantel bedeckt, und zwar bis zum Knie, ja sicherlich bis zum Knie. Er hatte kein Blut gesehen. Bestimmt nicht. Der Blick auf den Schenkel war ihm durch den Mantel verwehrt gewesen. Er hatte zunächst überhaupt an eine Ohnmacht gedacht. Das verwundete Bein hatte er gar nicht bemerkt. Es war ja, wie gesagt, unter dem Mantel. Carl war so erleichtert, als er ihn wiedersehen und in der Hand halten konnte, um seine Erinnerung an ein zerfetztes Frauenbein damit zu bedecken. Seine Aussage wich sonst in nichts von der der anderen ab.

Die Eltern des Jungen wurden zu Schadenersatz, der Jagdherr zur Zahlung eines erheblichen Schmerzensgeldes verurteilt. Victor selber begann sich zu fragen, ob er sich nicht geirrt habe und, zunächst unabsichtlich und spielerisch, dann immer endgültiger, den Film seiner Erinnerung zu korrigieren, in dem Carl langsam immer weiter abrückte von der Stelle in der Nähe des Jungen, an der mit unverzeihlicher Nachlässigkeit gehandelt worden war, die einen Jäger sein Leben lang mit quälenden Selbstvorwürfen verfolgen mußte. War Carl nicht gleich zur Stelle gewesen? Hatte er nicht die Getroffene, während sie hinsank, mit seinen Armen umfangen? Was blieb und verstärkt wurde, war Victors Abneigung gegen die Jagd.

An einem Freitag im Oktober 1929 schiffte sich ein junger Mann nach Amerika ein. Es war Carls Bruder Ernst, der nach einigen fehlgeschlagenen Versuchen, sein Glück zu machen, nun den sichersten und gewöhnlichsten Weg dazu wählte: Er wanderte aus und hatte damit zugleich den Platz in der zukünftigen Familiengeschichte belegt, auf den er, nach allem, was schon geschehen war, allein noch hoffen konnte. Er würde einmal der Onkel aus Amerika sein und nicht der Versager. Was sich als Irrtum erweisen sollte. Er war ein Versager, wenn er nicht etwas viel Schlimmeres war, und nur seine Mutter bezeichnete ihn mit aus Ignoranz gespeicherter Zärtlichkeit bis an ihr Ende hartnäckig als schwarzes Schaf. Sie hatte auch ganz spontan einen mütterlichen Zusammenbruch gehabt, als er abfuhr, und sich danach schwer gemacht und mit gebeugtem Rücken auf Carl gestützt, der sie zum Auto brachte. In Wirklichkeit war sie erleichtert. Er hatte drei Lehrstellen nacheinander bei drei Banken verloren, bis auch die Verbindungen seiner Verwandten nichts mehr bewirkten. Es gab außerdem gewisse Gerüchte, die allerdings niemals bis an ihr Ohr vordrangen, das ihnen auch immer verschlossen sein würde. Kurz: Er hatte ihr Schande gemacht. Und wenn sie, wie es manchmal geschah, den Seufzer: »Erst Johann Heinrich und dann der Junge ... « ausstieß, dann blieb er elliptisch. Und mochte man dabei denken, was immer man wollte. Sie beklagte nicht nur den Verlust.

In New York sprangen unterdessen die Bankiers aus den Fenstern der Wallstreet. Manche erschossen sich auch oder hatten nur Nervenzusammenbrüche und Herzattacken. Der Bankier Speyer überließ sich dem Wahnsinn. Man brauchte allein fünf Männer, um ihn festzuhalten.

Währenddessen näherte sich die BREMEN mit Ernst im Zwischendeck unaufhaltsam New York. Es kam der Tag, als das Schiff in die Hudson-Bay einlief. Alle standen an Deck, winkten, wußten noch gar nicht wem, weinten – da wurde auch Ernst von der Größe des Augenblicks überwältigt. Dies war der Moment – er fühlte es, wie er das Schwanken des Schiffes unter sich spürte –, es war der Moment, in dem Zukunft Vergangenheit wird und Vergangenheit Zukunft, und Gegenwart steigt aus dem Meer empor und schwingt die Fackel der Freiheit.

Sie meinte ihn. Sie meinte niemand als ihn. Und er weinte wie alle die anderen.

Dann warteten auf ihn die Mühen der Imigration. Die Einwanderungsbehörde wußte nichts von der Göttin mit Fackel. So fand der Höhenflug von Ernsts Seele, der einzige, den sie je unternahm, ein Ende in der Quarantänestation. Dort traf er Geraldo, den italienischen Kellner, den er schon vom Schiff her kannte. Geraldo hatte Verwandte in Brooklyn, die dort ein Lokal betrieben. Er nahm ihn erst einmal mit.

Das war nun der Anfang des Glücks und der Freiheit und war als Anfang nicht allzu schlecht. Die Onkels zu Hause, die sich übereinstimmend geweigert hatten, ihn irgendwohin zu empfehlen, sie hatten ihm bei seinen Abschiedsbesuchen einer wie der andere lachend auf die Schulter geklopft und gesagt: In Amerika fängst du ganz unten an, und du schaffst es, oder du schaffst es nie! Nun fügte sich alles dem Mythos.

Die erste Abweichung fand statt, als Geraldo verschwand. Er hatte Andeutungen gemacht Ernst gegenüber, aber sich nie ganz offen erklärt. Nun erklärten es ihm die Verwandten. Geraldo hatte Gelegenheit gehabt, in ein Maklergeschäft einzusteigen. Irgendwo in der Nähe von Boston. Er war ohne ihn abgefahren. Er mußte das verstehen. Das Angebot galt nur für einen.

Da sah plötzlich alles ganz anders aus. Ohne Geraldo, mit dem er das Zimmer, das Bett und den Lohn geteilt hatte – sie hatten abwechselnd im Restaurant seiner Verwandten gekellnert –, war es ganz deutlich, wie fehl am Platz er hier war. Er stellte sich ungeschickt an. Er ließ sich betrügen. Er nahm eine umständlich große Bestellung auf, ohne zu merken, daß hinter ihm sich ein Gast heimlich wegstahl, der nicht bezahlt hatte. Zwei- oder dreimal am Abend, daß so etwas geschah, und der Patron verrechnete den Ausfall mit seinem Verdienst und kam auf Null. Keinen Cent. Er konnte nicht argumentieren, weil er nicht genug Italienisch konnte, und Englisch konnte er kaum, weil er bisher in Amerika fast nur unter Italienern gewesen war. Er brauchte jedenfalls nicht zu hungern. Spaghetti im Überfluß. Aber allein in dem Zimmer, in dem er sonst auf Geraldo gewartet hatte, schien seine Lage ihm hoffnungslos. Es fehlte nicht viel, und man setzte ihn auf die Straße. Er war auf der untersten Stufe der Treppe, die ins amerikanische Glück führt. Auf der Kellner- und Tellerwäscherstufe. Da saß er und wußte nicht weiter. Von hier aus ging es bergauf. Aber er wußte nicht wie. Ein anderer an meiner Stelle, dachte er trostlos, hätte jetzt schon ein eigenes Lokal. Er hatte recht. Das wäre die nächste Stufe gewesen, aber er sah keine Möglichkeit, sie zu nehmen. Er wäre auch gern auf der unteren Stufe geblieben. Aber er durfte nicht bleiben. Er spürte es, wie sie ihn drängten. Die Italiener von außen. Sie hatten ihn Geraldos wegen geduldet und wollten ihn jetzt nicht mehr haben. Das war zu deutlich. Und seine Onkels von innen. Sie sahen ihn an und schüttelten alle verständnislos den Kopf. Auch sein Vater, seit neun Jahren tot, war unter ihnen. Sie sagten: Was tust du da, Ernst? Du kellnerst? Steckst Trinkgelder ein? Und du wünschst dir, es möge so bleiben? Ernst! Die unteren Stufen sind zum Durchgang bestimmt! Und sie rauchten Zigarren und spielten mit ihren Uhrketten und strichen die Westen glatt über den Bäuchen. Ich weiß! rief Ernst. Ich kenne ja eure Meinung. – Das ist keine Meinung! empörten sich alle auf einmal und sprachen wie aus einem Mund: Das ist Gesetz! – Ich weiß ja, sagte Ernst kleinlaut. Das einzige, was ihm einfiel, wenn er den Kontinent überdachte, auf dem er jetzt lebte, war Geraldo. So fuhr er erst einmal nach Boston.

Geraldo umarmte ihn unter Tränen, als wenn ein grausames Schicksal sie in New York auseinandergerissen hätte. Doch er verneinte tief traurig, selbst Opfer höherer Gewalten: Er konnte nichts für ihn tun. Jahre später, als er tatsächlich ein Opfer aller möglichen Umstände geworden war, vor allem gewisser Geschäftspraktiken, die er anwandte, suchte Geraldo nach Ernst, und er fand ihn in Colorado, wo Ernst mit einem jungen Griechen zusammen eine einsame, ländliche Tankstelle betrieb, in die er Geraldo sofort als dritten Teilhaber aufnahm, obwohl es sehr schwierig wurde, nicht nur finanziell. Es gab nur zwei Zimmer, und die Frage, wer welches mit wem teilte, bedrängte sie alle sehr. Ernst, damals schon ohne viel Hoffnung und von einer ruhigen Dauertraurigkeit beherrscht, die nach viel Whisky verlangte und nichts anderes mehr wünschte, als daß er hier, auf der zweituntersten Stufe, bleiben könne, war zu Kompromissen bereit. Er tat immer häufiger ganz allein Dienst an den Tanksäulen, während die beiden anderen oben schliefen. Ist schon gut, murmelte er, wenn er einen von ihnen von weitem sah, ist schon gut. Eines Nachts, als er voller Whisky war und die anderen auch, behaupteten sie, daß er sie betrogen habe. Sie nannten Summen, wußten die Umstände bis ins Detail zu beschreiben und bewiesen mit wachsender Unwiderlegbarkeit und Empörung sein Unrecht. Er sah von einem zum anderen und merkte fassungslos, daß sie sich einig waren. Schon gut, schon gut, murmelte er. Sie ließen ihm knapp eine

Stunde, um seine Sachen zu packen, und nicht einmal die Möglichkeit, auf einen Kunden zu warten, der ihn hätte mitnehmen können. Um Mitternacht stand er mit seinen zwei Koffern an der Straße.

Von da an verlief sich Ernsts Weg im dunkeln und in den Widersprüchen, die seine Berichte enthielten. Auf rätselhafte Art hatte sich ihm das Vermögen, das in Amerika, ob man es glaubt oder nicht, auf der Straße liegt, unter wechselnden Umständen mehrmals zu eigen gegeben und wieder entzogen. Er hatte beim Bau eines Highways in Kalifornien gearbeitet, halbnackt unter glühender Sonne, mit seinen Händen. Dann wieder war er beim Bau eines Highways weiß Gott wo Besitzer eines Maschinenparks von beträchtlichem Ausmaß gewesen, ein Boß. Teilhaberschaft hatte da wieder eine Rolle gespielt, und sie war es, woran er scheiterte wie an einem Verhängnis. Vielleicht war er auch nicht einmal Teilhaber gewesen, eher so etwas wie der Teilhaber eines Teilhabers. Eines Nachts jedenfalls fuhr er auf demselben Highway zurück, an dem er gebaut hatte. Diesmal in einem geliehenen Ford, den er, weil man ihm so übel mitgespielt hatte, als kleine Entschädigung, besser als eine Anzahlung auf eine Entschädigung, betrachtete und behielt.

So gelangte er auf den Kurven seines Geschicks nach Wisconsin, wo er ein paar Jahre als Farmer lebte. Und wieder war es vollkommen unklar, wem eigentlich die Farm gehörte, ihm oder dem anderen Mann, einem Deutschen, der Geige spielte und von der schwäbischen Heimat sprach, bis er verrückt wurde. Eines Abends, als blutrot die Sonne in einem nahegelegenen See unterging, der eher ein zur Farm gehörender Teich war, nahm er seine Geige, spielte und ging und entfernte sich geigend in den umliegenden Wäldern. Ernst, alarmiert in dem Augenblick, als die Töne endgültig entschwanden, lief hinter ihm her und folgte ihm auf der Spur einer sich wiederholenden schwermütigen Weise. Er fand ihn in einem Baum, in dem er leibhaftig saß und nicht aufhören wollte zu geigen. Er trug ihn, noch immer geigend, auf den Schultern nach Hause, bei jedem Schritt schwankend unter der Gewalt dieser Töne.

Aus alledem wurde deutlich, daß es sich wieder um einen Fall von Teilhaberschaft gehandelt hatte, den offenbar schwersten und herzzerreißendsten Fall. Der Farmer war schließlich in seiner Schwermut versunken und langsam gestorben. Ernst fühlte sich schuldig an seinem Tod. Er hatte ihm nicht willfahren. Dabei war es etwas so Einfaches gewesen, das er, der schon nicht mehr sein Instrument halten konnte, von ihm verlangt hatte: Er sollte deutsch mit ihm sprechen.

Ernst wollte und konnte nicht. Es war unmöglich. Er fand nur Wörter in seinem Kopf und keinen einzigen Satz. Dann kämpfte er sich unter Qualen bis zu: »Wie geht es dir?« durch, und seine Lippen formten ein reibungsschwaches, zur Lächerlichkeit verdammtes »W« – da stockte er, weil er nicht wußte, ob es »dir« heißt oder »Ihnen«, und brachte nichts weiter als: »How are you?« heraus. Er bat ihn auf Englisch, selbst anzufangen, versprach jede mögliche Antwort, ein ganzes Gespräch, Geschichten – nur anfangen konnte er nicht. Da nahm der andere all seine Kraft, die zum Geigen schon nicht mehr ausreichte, zusammen und wollte »Bitte!« sagen. Er preßte, als müsse er weinen und strenge sich an, seine Tränen zurückzuhalten, die Lippen zusammen, und in einer Explosion seines schwachen, lange schon ausgehöhlten Willens brachte er »Please!« hervor.

Ernst hatte noch nie so deutlich die Qualen der Ohnmacht gefühlt. Er saß eine ganze vergebliche Liebesnacht lang an seinem Bett und spürte, wie in ihnen beiden die Wellen der Auflehnung langsam verebbten. Der andere starb und ließ ihn im flachen Meer der Resignation und Bitterkeit zurück.

Damals wurde Ernst zum Trinker. Ohne Teilhaber schien ihm sein Leben sinnlos. Er ließ die Felder brachliegen und verkaufte das Vieh. Schließlich stand in dem riesigen Stall nur noch eine Kuh. Sie brüllte oft wie ein Stier, bevor er sich torkelnd vor Whisky und Einsamkeit über den Hof schleppte, um sie zu melken. Es war nie Näheres zu erfahren über die Art und Weise, wie er die Farm verließ oder warum überhaupt.

Vermutlich sah jeder, daß dieses Stück Land, das sich in Gegenwart seines Besitzers in Wildnis auflöste, nach einem neuen Besitzer verlangte und daß es sehr leicht sein müsse, mit Ernst zu verfahren, wie einst Geraldo, sein erster Teilhaber, mit ihm verfahren war, als er ihm knapp eine Stunde ließ, um seine Koffer zu packen.

Diesmal vergaß er nicht die Geige. Er brachte sie mit, als er nach Deutschland zurückkam. Das Geld für die Überfahrt hatte er von den Anonymen Alkoholikern bekommen sowie auch den Rat, zu seiner Familie zurückzukehren, sofern er noch eine hatte. Er wußte es nicht mehr genau. Er hatte jedesmal, wenn er ihnen ein Zeichen gab, die Spur sofort wieder verwischt und nur aus Orten geschrieben, die er gerade verließ. Es war ein Akt zartfühlender Sohnesliebe: Er blieb unauffindbar. »Es geht mir gut, um nicht zu sagen: immer besser. Ich bin viel auf

Reisen.« So oder ähnlich bestimmte er seinen Ort in der Welt. Ein Poststempel war schon zuviel, aber unvermeidlich. Er schrieb, sofern es sich machen ließ und immer am Vorabend eines Abschieds. Später dann nur noch einmal im Jahr und stellte es schließlich ganz ein. Die letzte Nachricht von ihm hatte seine Mutter sieben Jahre zuvor aus Prattville, Alabama, erhalten. Er hatte dort Pferde gezüchtet. Wahrscheinlich hatte er sie nur gestriegelt. Sie kannte ihn, sah ihn vor sich, wie er eines Morgens, ein müder Stallknecht, ein Pferd bestieg, dem er schon lange Nacht für Nacht zärtliche Worte ins Ohr geflüstert und Extrarationen zugesteckt hatte, und, kurz bevor die anderen erwachten, davonritt, ziellos, mit schleifendem Zügel, in immer neue, tiefere Unerreichbarkeit. Sie verstand ihn. Sie war auch unerreichbar. Wenn jemals noch eine Karte käme, sie würde nicht einmal mehr wissen von wem.

Carl brachte ihn zu ihr. »Sie züchten Pferde?« fragte sie in ihrem liebenswürdigsten Konversationston. Aus ihren schiefen Schultern sah sie verschmitzt und freundlich zu ihm hinauf.

»Mama, das ist Ernst!« sagte Carl.

»Ich weiß, daß es Ernst ist.« Sie war ein bißchen empört, doch bewahrte sie Haltung und wandte sich sofort wieder dem Gast zu. »Wir haben hier nicht viel Abwechslung«, sagte sie, »ich liebe Besuch.« Und dann ganz unvermittelt: »Spielen Sie Geige?«

»Ich nicht«, sagte Ernst wie ein Schüler, »aber ein Freund von mir ... he used to ... er ... « Er kämpfte gegen die Tränen.

Wie sentimental er geworden ist, dachte Carl angewidert. Er fand das Ganze schwer erträglich und wartete auf ein Ende. Mama, eine Königin, die eine Audienz gewährt hat, reichte Ernst die Hand. Er stand, schon von Schluchzen geschüttelt, auf, ein gebeugter Koloß, ein Felsen, unter dem sie, ein hilfloses, kleines, verkrüppeltes Kind, Schutz gesucht hatte. Er konnte den veränderten Ausdruck in ihrem Gesicht nicht sehen. Aber er hörte sie sagen: »Wenn man auf Reisen ist ... wenn man viel auf Reisen ist ... « Dann verlor sie den Faden, und Carl schob ihn auf den Gang hinaus.

Sie sind beide verrückt, dachte Carl. Mein Gott, sie sind beide verrückt. Was für eine Familie! Aber Ernst war nicht verrückt. Das hätte die Sache vereinfacht. Er war auch kein Alkoholiker mehr. Er war geheilt. Er war tatsächlich einer von denen, die niemals mehr einen Schluck trinken. Seine vollkommene Heilung war, wie sich herausstellen sollte, das letzte und beinahe rätselhafteste Kapitel Amerika gewesen. Eher sprach er über den Farmer mit der Geige als über das Wunder, das ihn abstinent gemacht hatte. Nur daß es ein solches war, daran ließ er keinen Zweifel. Die Geste, mit der er zum Saftglas griff, war die einzige, die er wirklich beherrschte, bei der er nicht hilflos, zerfahren und unsicher wirkte. Er hatte etwas erreicht. Es lag in seiner eigenen Macht, das Erreichte festzuhalten. Wenn alles so einfach wäre! Er griff nach dem richtigen Glas.

Aber leider war all die Mühe, die er verwandt hatte, um dies Wunder ins Leben zu rufen und zu erhalten, nichts weiter als L'art pour l'art. Er taugte zu nichts mehr.

Er hat nie zu etwas getaugt, pflegte Carl einzuwerfen. Die kühnste Hoffnung, die er sich je in bezug auf Ernst gemacht hatte, war die gewesen, ihn niemals wiederzusehen. Jedenfalls nicht in Europa. Solange er fortblieb, war er mit ihm versöhnt. Aber jetzt war er da, und brachte nichts weiter als seine neu erworbene Nüchternheit mit. Das war zu wenig.

Was fehlte ihm denn? Victor hatte später einmal versucht, mit Carl über Ernst zu reden. Was war eigentlich mit ihm los? Carl, unwirsch, verärgert, teilte ihm schließlich das Entscheidende mit: Ernst war lebensuntüchtig. Das war es. Victor begriff: Es war schlimmer als Trunksucht. Ja, beinahe schlimmer als Armut. Es war das schleichendste Übel, von dem man befallen sein konnte: lebensuntüchtig zu sein. Ernst war es. Er war es immer gewesen und blieb es. Es war unheilbar. Und Victor ahnte, worin Carls heimlichste Ängste bestanden: Es könnte erblich sein, übertragbar durch ihn. Er spürte, daß Carl ihn im Auge behielt, von Anfang an bis zum Ende, und nie ohne Mißtrauen forschte, ob etwas von Ernst in ihm sei. So trug er die Pflicht durch sein ganzes Leben, nicht wie Ernst zu sein. Alles, nur nicht wie Ernst. Seine Angst davor würde Carls Tod überdauern. Er duckte sich vor dem Wissen, daß man beim ersten Anzeichen weggeschickt wird. Verfrachtet. Irgendwohin.

Natürlich war Carls Angst, es könne jemand wie Ernst sein, eine Spätform der Trauer um Johann Heinrich. Sie hatte so viele Stadien der Verdrängung durchlaufen, daß schließlich Carls ganzes Leben ein komplizierter, aufwendiger Plan war, dazu angelegt, dem Grab zu entrinnen, in das ihn Johann Heinrichs Tod mit einschloß. Denn jeder Selbstmörder löscht ja zugleich seinen ganzen Stamm aus. Er ruft seinen Samen zurück. In seiner Tat bereut er den gräßlichen Irrtum, sich jemals vermehrt zu haben. Noch seine Urenkel zittern bei dem Gedanken an das Nichts, das sie gezeugt hat, und erkennen, daß sie ein Scheinleben führen und daß sie in Wahrheit mit all den anderen Schatten um einen todtraurigen Urahn versammelt sind, der sie beim Namen nennt und ihr Schicksal beweint. Carl fand sich nie damit ab und hatte die mühevolle Arbeit der Verdrängung nicht nur für sich, auch für Victor auf sich genommen.

Er ließ Johann Heinrich ein Denkmal errichten. Wirklich. Es war eine bronzene Büste, die auf einem mannshohen Sockel ruhte und Johann Heinrichs Grab überragte. »Tue recht und scheue niemand« stand darunter und Namen und Daten. Es hatte zur Folge, daß Clara nur noch an sehr hohen und ganz und gar unvermeidlichen Feiertagen den Friedhof besuchte, auf dem Johann Heinrich ihr zwischen Buchsbaum und Cotoneaster entgegenblickte, entrückt, majestätisch und streng. Sie hatte die Botschaft verstanden. Auch Carl, der bei der Erstellung der Büste so etwas wie Übereifer gezeigt und nicht einmal Kosten gescheut hatte, ging hinterher fast nie wieder hin und führte nur später, als eine neue Friedhofsordnung in Kraft trat, einen erbitterten Kampf um die Beibehaltung des Gitters, das kunstvoll und schmiedeeisern die Stätte umgab. Grabumzäunungen waren verboten. Aber Carl setzte sich durch. Das Gitter blieb und umschloß nun für immer mit nachdrücklicher Endgültigkeit die Büste auf ihrem Sockel, die sich, von Vögeln bekleckst und grünlich, kaum noch von ihrer pflanzlichen Umgebung abhob. Der Schriftwechsel mit der Friedhofsverwaltung füllte mehrere Ordner. Carl hatte sich verpflichtet, für stete Instandhaltung der Umzäunung zu sorgen. Und er vergaß es nie.

Er beließ es auch nicht bei der Büste. Er ging planmäßig vor. Als die Zeit reif dafür war, weil die Zeugen der ersten Stunde nicht mehr am Leben waren oder verrückt wie Clara oder weit weg wie Ernst oder nie richtig eingeweiht wie Franziska, begann er mit der Schaffung und Ausbreitung der Legende. Sie rankte sich um Johann Heinrich, bis seine wahre Gestalt, ob Büste oder nicht, so umwachsen war, daß man sie nicht mehr erkannte. Dafür hatte er einen vielbeschworenen Doppelgänger bekommen. Der war etwas größer als er, trug aber dieselbe Uhrkette, rauchte Zigarren und hatte eine entfernte Ähnlichkeit mit Kaiser Wilhelm, mit dem er die Unschärfe teilte, die, sah man den Film seines Lebens, zuerst kaum merklich, immer mehr zunahm, bis sich sein Ende, obwohl bekannt, der Wahrnehmung entzog.

Er war ein phantastischer Geschäftsmann gewesen, dessen Erfolge sich zwangsläufig einstellten und den Reichtum mit sich brachten, der zu ihm gehörte wie seine Gestalt, die in ihrer Größe und ehrfurchtgebietenden Haltung die müden Gefährten der Erinnerung überragte, die schwach und vom Alter gebeugt neben ihr verkümmerten. Er wurde der Hüne aus Carls Erzählungen, und er blieb es. Und Carl hatte nie gemerkt, daß er selber zum Zwerg wurde neben ihm und daß er es bleiben würde. Ergriffen erzählte er die Geschichten vom beinah allmächtigen Vater mit seinem kleinen Kind an der Hand, und in ihrem Licht stand er plötzlich als der da, der er war, ein vom Alter befallenes Kind, ein Gnom, der listenreich mit allen Mitteln um sein Überleben kämpft. Das Gold bewacht er, verteidigt es mit seinem Leben, wenn es schon längst nicht mehr da ist.

Und dann dieser Bruder. Zurückgekommen. Nicht zu

verbergen. Mit einer Eigenschaft ausgestattet, deren Zeichen er trägt und deren Name dumpf wie aus dem Grab des wirklichen Johann Heinrich herübertönt: lebensuntüchtig. Carl brachte das Wort kaum über die Lippen. Er nahm ihn zunächst bei sich auf, wo er, ein stiller, bescheidener Gast, den Prozeß beschleunigte, an dessen Ende Carl, der immer häufiger wegging und immer später nach Hause kam, sich endgültig für Ruth entschied und Charlotte, die immer herzzerreißender hinter ihrer Schlafzimmertür weinte, zu ihren Schwestern zurückkehrte. Sie hatte Ernst sehr gemocht und wurde erst vollkommen untröstlich, als er nicht mehr da war.

In Victors Erinnerung ging er an einem Stock durch den Garten, obwohl er erst Anfang Fünfzig gewesen sein konnte. Ein freundlicher Greis mit langsamen, seltsam verzögerten Bewegungen, die die Befürchtung erweckten, er fiele gleich um oder stieße sich an etwas. Es geschah nichts dergleichen, doch man begriff, daß er alle Kraft dazu brauchte, einfach nur dazusein. Er konnte Hadschihalefomarbenhadschiabulabbasibnhadschidawudalgossara sagen. Und weil Victor das auch konnte, nahm er das Angebot an, und sie sagten nicht mehr »Guten Morgen« oder »Gute Nacht« oder »Wie war es heute in der Schule« – sie sagten Hadschihalefomarbenhadschiabulabbasibnhadschidawudalgossara und wichen nie davon ab und schenkten sich nie eine Silbe, und darin lag viel: ein ernstgemeintes Versprechen, tagtäglich mehrmals erneuert. Er kam schließlich aus der Prärie. Victor hatte sich danach erkundigt und kurz und bündig erfahren, daß es stimmte. Er war in der Prärie gewesen. Ein stiller Karl May, ein alter, in Trauer erstarrter Old Shatterhand, der unaufhörlich den Tod seiner roten Brüder beweinte. Er konnte es nicht verwinden. Winnetou. Schon ist er bei ihm. Er springt vom Pferd und richtet den Sterbenden in seinen Armen auf. Mein Bruder, sagt er, mein Bruder ...

Dann hatte Carl endlich etwas für ihn gefunden. Er hatte dem Wenigen, was Ernst erzählte, entnommen, daß er einmal Gärtner gewesen war. Ernst widersprach nicht. Was war er nicht schon gewesen? So kam er ins Pflegeheim. Nicht als Pflegefall, sondern als Gärtner, dem die Pflege der Gartenanlagen oblag. Es war eine Lösung mit doppeltem Boden, die Carl aller Sorgen enthob. Denn sollte sich hier sein altes Übel, die Lebensuntüchtigkeit, verschlimmern, die ihn noch stets bei der Ausübung jeder möglichen Tätigkeit eingeholt hatte, so ließe sich Ernst, der Gärtner, jederzeit in Ernst, den Heiminsassen, verwandeln, und zwar auch grad- oder schrittweise unter Vermeidung zu krasser Übergänge. Carl war zufrieden. Er kehrte spät abends heim, nachdem er Ernst fortgebracht hatte – es war natürlich wieder ein Akt des Verfrachtens gewesen: der Garten, in dem Ernst gärtnern sollte, war dreihundert Kilometer entfernt –, und von diesem Augenblick an hat er Ernst nie wieder erwähnt.

Charlotte, die ihn auch in späteren Jahren und lange nach ihrer Trennung von Carl hin und wieder besuchte, berichtete, daß er in einer Ecke der Heimküche saß und Kartoffeln schälte. Mit sicherer Hand und sehr dünn. Er hatte ihr die Schalen gezeigt, durch die das Licht schien.

Von einem, der auszog, das Fürchten zu lernen

Victor träumt sich als Witwer. Das wäre die einzige Art gewesen, auf die er es Christine erlaubt hätte, ihn zu verlassen! Sie hätte sterben dürfen. Wie hätte er um sie getrauert! Er sieht sich durch Räume gehen, hoch, mit beängstigend weißen Wänden und Fenstern, die auf einen Park hinaussehen, zugewuchert und weglos, der seine Trauer und Einsamkeit schützt. Er hätte es ertragen. Alles. Nur nicht dies. Dieses viel schlimmere Leiden, für das ihm kein Mitleid zuteil wird. Verlassen zu werden. Und wieder vollbringt er in seinem Innern den Gattenmord, von dem er so oft geträumt hat. Den zärtlichen Akt ausschließlicher Liebe. Er würgt sie. Es nützt nichts. Er greift zum Messer. Da tritt sie von hinten an ihn heran, tippt ihm auf die Schulter: t, t, was machst du denn da? Und er wischt sich, übertölpelt, heimlich das Blut ab, das von seinen Fingern tropft. Sie hat es natürlich gesehen.

Sie sieht alles. Sie sieht ihn auch hier. Sie folgt ihm von Zimmer zu Zimmer. Sie mißgönnt ihm den Trost, seine Toten zu beweinen. Sie mißtraut der Beschwörung. Laß doch das Klappern mit dem Gerippe, sagt sie verächtlich, und häng die Leichen zurück in den Schrank. Vergiß nicht, daß ich es war, die dich das Gruseln lehrte. Es war im Bett. Ich nahm den Eimer mit Fischen, schlug deine Decke zurück und goß ihn über dir aus. Wie du geschrien hast, gestammelt, gezittert. »Was gruselt mir! Was gruselt mir, liebe Frau!« Und die kleinen Fische, so naß, so lebendig und so kalt, ja so kalt, sie zappelten um dich herum.

Und dann erzählt sie die ganze Geschichte. Das Märchen vom dummen Jungen, der zu dumm war, um Angst zu haben: Es wird nun Zeit, sagte der Vater, du wirst groß und stark und mußt etwas lernen, womit du dein Brot verdienst. – Ei, lieber Vater, sagte der Junge, ich will ja gern etwas lernen. Und in seinen Augen glänzte die Vorfreude auf einen grimmigen, furchterregenden Feind.

Er fiel auf die nächstbeste Attrappe herein. Er konnte das Bettuchgespenst nicht einmal vom richtigen Geist unterscheiden und warf es die Treppe hinunter.

Was sind das für gottlose Streiche, sagte der Vater, geh mir aus den Augen! Ich will dich nicht mehr sehen.

Ach Vater, lieber Vater, sagte der Sohn. Er bekam fünfzig Taler, damit er hinaus in die Welt ging. Wenn mir's nur gruselte! Wenn mir's nur gruselte! sagte er beständig vor sich hin, und es machte ihm nichts aus, daß jeder es hören konnte. Denn es gehört zum Plan der Geschichte, daß sie nur weitergeht, wenn hin und wieder einer vorbeikommt, der seinen Ohren nicht traut und stehenbleibt und: Junger Mann, was höre ich? zu ihm sagt. Sie haben keine Bedenken? Dann, junger Mann, wollen wir es mit Ihnen versuchen.

An dieser Stelle unterbricht sich Christine. Man muß wissen, flicht sie hier ein, daß er wahrscheinlich inzwischen ein Studium absolviert hatte, das er mit, sagen wir, der zweitbesten Note abschloß. Er hatte sich daraufhin fleißig beworben und bereits die unteren Stufen der Pflichthierarchie für zukünftige Führungskräfte in einem namhaften Unternehmen durchlaufen, wobei er mehrere

Konkurrenten hinter sich ließ. Aber gruseln, fügt sie hinzu, tat es ihm immer noch nicht. Er trat bedenkenlos vor den König und warb um die Königstochter, die schönste Jungfrau, welche die Sonne beschien. Er kannte die Bedingung. Drei Nächte im Spukschloß. Wenn es mehr nicht ist, rief er und lachte und spürte nicht einmal den Anflug des Vorgefühls einer Angst, die so manchen schon jetzt übermannt hätte. Er bat sich Feuer, eine Drehbank und eine Schnitzbank mit Messer aus. Keine Waffen. Nur ein paar Produktionsmittel, die er zum Zeitvertreib brauchte.

In der ersten Nacht kamen die Katzen. Sie schrien und machten feurige Augen. Ihr Narren, rief er, was schreit ihr? Wenn euch friert, kommt, setzt euch an mein Feuer und wärmt euch! Dann schraubte er ihnen die Pfoten fest und schnitt ihnen die Krallen.

In der zweiten Nacht kamen die Männer mit neun Totenbeinen und zwei Totenköpfen und spielten Kegel. Darf ich mitspielen? fragte er sie. – Wenn du Geld hast! – Geld genug, antwortete er. Er nahm die Köpfe und drehte sie auf der Drehbank rund, bis sie glatt in der Hand lagen und rollten, daß es eine Lust war. Er verlor etwas Geld, aber nicht genug, um sich zu gruseln.

In der dritten Nacht kam der Tod. Du Wicht, sagte er, nun sollst du lernen, was gruseln ist, denn du sollst sterben. Er kam in einer Wolke aus Schwefeldioxyd, und wo er hintrat, entlaubten sich alle Bäume. Sachte, sagte der junge Mann. Soll ich sterben, so muß ich auch dabeisein. Und er buchte einen Flug nach Las Palmas und ließ den Tod in seinem Schwefeldioxyd einfach allein.

Zurückgekehrt, sportlich, gebräunt, inzwischen vom Kegler zum Golfspieler avanciert, freite er die Königstochter. Nun hatte er alles. Den Reichtum, die Macht und die Liebe. Nur Angst hatte er immer noch nicht. Das zeigt, sagt Christine an dieser Stelle – und in ihren Augen blitzt es wie silberne Fischchen in einem tiefen, grünen Gewässer –, das zeigt, daß es »Alles« nicht gibt. Du hast Angst, weil du keine Angst hast, sagt sie, und während sie spricht, entschlüpft hier und da so flink, daß man es kaum sieht, ein silbernes Fischchen ihren Lippen. Oder – jetzt lacht sie unverhohlen, und Fische, zapplig und glatt, springen ihr aus dem Mund, aus den Augen und von den Händen – oder – mit unbändigem Lachen spuckt sie sie aus und tritt dabei einen Schritt auf ihn zu – hast du Angst vor mir?

Er kann nicht einmal zurückweichen. Fische wimmeln um ihn herum. Sie steigen um seine Füße wie Wasser. Wie mir gruselt! schreit er und starrt sie in hellem Entsetzen an. Wie mir gruselt!

»Verzeihung«, sagte die Schulsekretärin. »Mein Dienst ist zu Ende. Ich muß nach Hause und muß die Schule abschließen.« Im selben Moment wurde Victor bewußt, daß er schon lange nicht mehr das Tippen gehört hatte und daß sie mindestens schon eine halbe Stunde aus reiner Freundlichkeit auf ihn gewartet haben mußte. Soviel Zartgefühl, das einem hinterrücks entgegengebracht wird, war ihm sehr peinlich. Er war an das gegenseitige Einverständnis gewöhnt, in dem die Rücksichtslosen leben. Er wurde verlegen und wortreich und versprach umständlich, auf der Stelle zu gehen.

Sie hatte schon ihren Mantel an und ihre Handtasche über der Schulter, und er ging folgsam hinter ihr her. Sie traten hinaus als ein Paar. Sie schloß die Tür ab, und

Victor versuchte, die Stelle zu bestimmen, an der er sich von ihr verabschieden würde. Hier? Sofort? Auf dem Weg zum Tor? Auf der Straße? Da gab sie ihm schon die Hand.

In diesem Augenblick hatte Victor das Gefühl, alleingelassen zu werden. Sie hatte sich schon ein Stück weit in Richtung zur Straße entfernt. Er wußte, während er sich noch einmal zur Haustür umdrehte und gegen die Versuchung ankämpfte auszuprobieren, ob sie tatsächlich verschlossen war, daß er es niemals gewagt hätte, das Haus allein zu betreten. Niemals. Wie ein Kind, das allein zu Hause ist und zehnmal zur Tür rennt und prüft, ob sie tatsächlich die feindliche Außenwelt abhält, so ging er hinaus in den Park, das Klicken des Schlüssels im Ohr.

Und doch war es eine Zuflucht gewesen, das alte Spukschloß. Kaum war er draußen, da begann wieder das Leben, das Victor nicht ertragen konnte, das Leben ohne Christine. Schutzlos, wie er war, überfiel sie ihn wieder mit ihrer Ungegenwart und ging aufreizend unsichtbar neben ihm her. Wehrlos fühlte er sich dem strengen Gebot der Selbstrechtfertigung ausgeliefert, das jedesmal von ihr ausging, wenn sie erschien. Er versuchte sie abzulenken mit den Geschichten vom toten Carl und von Clara und Johann Heinrich. Er umkreiste mehrmals mit ihr das Haus. Sieh, versuchte er ihr zu sagen, heute, am Tag, an dem mein Vater beerdigt wurde ... Aber sie ging, wie erwartet, nicht darauf ein. Sie schnitt ihm das Wort ab. Dein Vater ... sagte sie verächtlich. Er wechselte das Thema.

Weißt du noch ... fing er an, und es begann der verbissene Kampf um die Erinnerungen.

Damals in Palermo, sagte er.

Nein, fiel die unsichtbare Christine ein, das war in Südfrankreich.

Aber du weißt ja gar nicht, wovon ich rede!

Aber wovon ich rede, das war in Südfrankreich. Wir hatten Corinna mitgenommen.

Was für ein Unsinn! Corinna wurde erst ein Jahr später geboren!

Ich werde doch wissen, wann Corinna geboren wurde. Du warst nicht dabei.

Ich habe die ganze Nacht neben dir gesessen. Geh nicht weg, Victor, hast du gesagt, laß mich nicht allein.

Das war ein Jahr vorher, als ich die Fehlgeburt hatte. Im dritten Monat mußte ich mit dir nach Kreta fliegen. Der schlecht gefederte kleine Fiat, die Schlaglöcher in den Straßen ...

Wir sind gewandert, weißt du nicht mehr? Der lange Weg durch die Schlucht. Du warst so müde. Ich stützte dich und nahm deinen Rucksack. Du hattest ganz wunde Füße.

Das war in Dänemark. Wir gingen am Strand entlang, und der Sand hatte meine Schuhe aufgerieben. Das Blut quoll zwischen den Zehen. Victor, rief ich, warte, ich kann nicht mehr laufen. Du warst schon zu weit entfernt.

Christine, sagte Victor gequält, sieh mich an! Und er vergaß, daß die unsichtbare Christine gar keine Augen hatte. Gibt es denn nichts, woran wir uns gemeinsam erinnern? Zehn Jahre und keine einzige gemeinsame Erinnerung? Laß uns nachdenken, antwortete der Geist an seiner Seite. Er blieb ungerührt, ohne Wärme, aber um einen Rest Fairness bemüht. Warte, sagte die unsichtbare Christine, warte einen Augenblick, mir fällt gleich etwas ein. Und sie begann: Weißt du noch damals ...

Ja, schrie Victor.

Es war in Südfrankreich, ein Jahr bevor – aber lassen wir das –, es war in ...

Les Saintes Maries de la Mer, schrie Victor.

Les Saintes Maries de la Mer. Die vielen Zigeuner ...

Das ist aus einem Kulturfilm, warf Victor ein.

Aber der Geist von Christine ließ sich nicht beirren: Wir bummelten durch die Straßen und hatten plötzlich Hunger. Wir blieben vor einem der offenen Läden stehen. Du sahst dir die Auslagen an, und ich kaufte eine Tüte voll ...

Victor konnte sich nicht mehr halten: Und es waren gar keine Pommes frites!

Christine versuchte noch ernst zu bleiben. Es waren bräunliche, längliche kleine Dinger. Du griffst mit Heißhunger hinein, und kurz bevor du dir eine Handvoll in den Mund stecken konntest – jetzt gluckste sie auch und fing an zu kichern –, hast du gemerkt ... Victor schüttelte sich: Daß sie Augen hatten! Pommes frites mit Augen! Sie sahen einen an! Es waren ...

Fische! Frittierte, kleine, gräßliche Fische. Du hast sie – damit sie dich nicht länger anschauen konnten, hast du sie alle auf einmal – ausgeschüttet.

Sie fielen in meine Sandalen und blieben mir zwischen den Zehen stecken. Mein Gott, war das eklig!

Sie hing an seinem Hals und prustete, gluckste, lachte, ein Ohr dicht vor seinem Mund, und in das Ohr hinein stellte er jetzt seine Frage: Warum hast du mich verlassen, Christine, sag mir warum! Sie hörte sofort auf zu lachen und machte die lange Pause, die er erwartet hatte. Sie nahm fast kein Ende. Dann sagte sie leise: Ich hatte nie das Gefühl, daß du mich gemeint hast. Bei allem, was war, hatte ich das Gefühl, du meinst eine andere. Und Victor begriff, daß darauf nichts zu erwidern war. Gar nichts. Dann stieg langsam die Wut in ihm auf. Sie wuchs in demselben Maße, wie das Phantom in seinen Armen sich verflüchtigte. Das ist deine Schuld, rief er ihm nach, das liegt an dir, damit habe ich nichts zu tun! Aber er konnte sie nicht mehr erreichen.

Mit langen, heftigen Schritten, unter denen der Kies knirschte, verließ er den Park und trat auf die Straße hinaus. Ich lasse sie gehen, sagte er, aber diesmal zu sich selber, ich lasse sie einfach gehen.

Er warf keinen Blick mehr zurück zu dem Haus.

Als Johann Heinrich am Abend gegen sieben Uhr von der Jagd heimkam, waren alle Fenster an der Vorderfront hell erleuchtet. Es war ein Bild wie von alten englischen Schlössern, die ihre Gäste erwarten. Aber der Hausherr, statt sich an dem Anblick zu wärmen, schlief im Innern des Autos und mußte von seinem Chauffeur geweckt werden. Alfred, dem wohl bewußt war, welche Grenze er überschritt, faßt ihn schließlich fest am Arm, schüttelte ihn und trat schnell einen Schritt zurück. Johann Heinrich fuhr hoch und glaubte im ersten Augenblick das Haus brennen zu sehen. Er dachte: Das also war es. Es ist also nichts mehr zu retten – und merkte an einem Räuspern von Alfred, daß er wach war, die Ankunft wirklich und daß er gerade geträumt hatte, daß es brannte. Er war wie immer zu spät gekommen, um die Flammen zu löschen.

Er stieg aus dem Auto und die paar Stufen zur Haustür hinauf. Er kam nicht in der Wirklichkeit an und klingelte trotzdem. Es öffnete ihm eins der Mädchen. Er ging sofort, ohne jemanden zu begrüßen, die Treppe hinauf. »Papa, hast du etwas geschossen?« Er tat so, als habe er nichts gehört, und ging, ohne sich umzudrehen, in sein Zimmer. »Carl«, hörte er Mademoiselle rufen, »Carl, laß Papa in Ruhe! Er ist müde.«

Er war's. Aber gleichzeitig war er von großer Unruhe erfüllt. Es war dieselbe Unruhe, die seinen Vater vor fünfzig Jahren veranlaßt hatte zu gründen. Ein unabweisbares Bedürfnis, das nicht zur Ruhe kommen kann, bis ein Gebäude errichtet ist mit zehn Toren und achtzig Fenstern, schmalen, länglichen Rundbogenfenstern, ein Kirchenschiff, das statt vom Kirchturm von elf Schornsteinen überragt wird. Und es trägt weithin sichtbar den Namen! Von nun an unübersehbar und unüberhörbar. Schon die nächste Generation, die geboren wird, ist unsterblich und zum Dienst in ihrem eigenen Tempel geweiht. Zu ihr gehört Johann Heinrich. Und manchmal hat er schon andere, Sterblichere beneidet, die nicht so tief fallen können wie er. Er denkt sich ihren Schlaf ruhiger.

Es war die Unruhe, die noch viel weiter zurückreichte. Schon Johann Heinrichs Urgroßvater ertrug sie so lange, bis er's nicht mehr aushielt und seinen Hof verkaufte, die fruchtbaren Äcker, die er erheiratet hatte, und zum Entsetzen seiner Frau ein Hammerwerk kaufte, das einen ganzen heißen Sommer lang stillstand, weil der Bach, der es antrieb, ausgetrocknet war, was die Familie beinahe ruiniert und ihre Nachkommen schon Generationen vor Ernst zu Zwangsauswanderern gemacht hätte. Doch in den folgenden Sommern hatte es Gott regnen lassen und die Gebete des Urahns von Johann Heinrich erhört, dessen Hämmer weithin und ohne Unterlaß hämmerten in einem damals noch schönen und grünen Tal. Und der Herzschlag seiner zahlreichen Kinder glich sich dem Rhythmus der Hämmer an, unruhig und zielgerichtet auf ein Werk, das getan werden mußte.

Die Unruhe kann nicht zur Ruhe kommen. Die Schaffung von Neuem, von grundlegend anderen Verhältnissen, zu der sie drängt, kann immer nur eine kurze Beruhigung bedeuten und treibt zu neuer Unruhe an. So war es mit dem Kauf eines Dampfhammers, der die Gebete um regenreiche Sommer außer Kraft setzte und seinen Besitzern, drei Brüdern aus der nächsten Generation, die noch in einer Bauernkate neben dem Hammerwerk aufgewachsen waren und auf einem einzigen Strohsack geschlafen hatten, einen gewissen Wohlstand bescherte. Die alte Schmiede, nicht größer als eine Scheune, war längst so etwas wie eine Fabrik, und über dem Tal, noch immer recht grün, stand eine Dampfspirale am Himmel. Die Zeit war reif, um den Gründer hervorzubringen, der endlich alles endgültig verändert. In ihm ist die Unruhe am stärksten.

In Johann Heinrich hatte sie sich, nicht gleich, aber im Verlauf seines Lebens, in Nervosität umgewandelt. Von unaufhörlicher Sehnsucht getrieben nach einem Zustand, in dem er glaubte, ausruhen zu können, versuchte er diesen Zustand herbeizuführen. Und zwar sofort und vollkommen. Es war der Zustand der Ordnung und Prosperität, nach dem er sich sehnte. Ihm galten all seine Tätigkeiten und Pläne. Ein reibungslos funktionierendes Unternehmen, dessen Gewinne dem Risiko des Verlustes immer so weit voraus waren, daß die Angst vor der Zukunft, die Johann Heinrich mehr als alles andere fürchtete, beim Anblick der Bilanzen in eine Art Dauerschlaf fiel. Das war es, wonach er sich sehnte. Es war ein Irrtum. Denn Ordnung und Prosperität sind kein Zustand. Schon gar keiner, in dem sich ausruhen läßt. Sie sind mächtige Gegner, vielköpfige Schlangen, die sich von dem nur beherrschen lassen, der ihnen in ständigem Nahkampf die Köpfe abschlägt, die sich immer wieder erneuern. Und Johann Heinrich wußte das. Daher rührte seine Verzweiflung. Je größer seine Sehnsucht nach Ruhe war, desto unruhiger war er. Desto verzweifelter, heftiger widmete er sich seinen Plänen, die Pläne für eine geschlossene, heile Welt waren, in der er, wenn sonst niemand, dann wenigstens er, in Sicherheit leben konnte. Ein Sonderkosmos, geschaffen für ihn und durch ihn.

Von außen betrachtet, groß, schlank, elegant und Herr dieses Hauses, schien er den Wunschträumen seiner Vorväter entsprungen: Für diesen Nachfahren hatten sie alle gelebt. Für ihn hatten sie das Hammerwerk am Bach gekauft und es, von ihrer Unruhe getrieben, in sich wiederholenden Kraftakten vergrößert. Ihn hatten sie, noch auf dem Totenbett im Bann ihrer Träume, undeutlich, aber doch mit Gewißheit, im Widerschein der Hochöfen gesehen als deren Besitzer. Und lange vor seiner Geburt schon war ihm dies Haus erbaut worden in ihren Gedanken. In Wirklichkeit war er ihr Opfer. Er wäre nämlich Bauer geblieben. Er hätte sein Land nicht verkauft. Er hätte es beackert, und wenn ihn jemals die Unruhe befallen hätte, dann wäre er auf die Jagd gegangen. Nun aber war er als Erbe der Werke geboren worden. In Wirklichkeit war er ein Opfer.

Johann Heinrich, der sich zunächst auf sein Bett gelegt hatte, ging jetzt mit unruhigen Schritten von Wand zu Wand. Ein Schuß am Nachmittag, ein Hase, der sich überschlägt und in einer Ackerfurche liegenbleibt, hätte ihn vielleicht entlastet. Die Sehnsucht nach Beute war stark in ihm. Statt dessen zog er sich um. Er hatte gemerkt, daß Clara in ihrem Zimmer war, und sein Blick fiel auf den Anzug, den sie für ihn bereitgelegt hatte. Gleichzeitig mit ihr verließ er sein Zimmer, und auf dem Flur fanden sie sich wortlos zusammen, ein Paar, das todtraurig und ernst eine zeremonielle Aufgabe versieht. Man hörte unten die ersten Gäste. Auf der Treppe ließ er sie vorgehen. Sie trug weiße Spitze und war eine einsame, späte, untröstliche Braut.

Die Gäste des Abends waren der Kommerzienrat Schmücker, der Apotheker Vermeeren, ein entfernter Verwandter, der in ein bekanntes Tabakimperium eingeheiratet hatte und längst kein Apotheker mehr war, sowie Johann Heinrichs Brüder und Vettern, alle mit Gattinnen bis auf Schmücker, der lange verwitwet und ein Verehrer von Clara war, die er mit immer denselben Komplimenten umwarb.

Sie gaben hinterher übereinstimmend an, nichts gemerkt zu haben. Johann Heinrich, den alle Anwesenden gut kannten, die meisten seit seiner Jugend, sei so gewesen wie immer. Er habe lebhafte Gespräche geführt, die politische Lage betreffend, und dabei gewisse – wie solle man sagen – pazifistische Ansichten geäußert, was um so mehr befremdet habe, als jeder wisse, daß er sich in der jüngsten Vergangenheit als Produzent von Stahlhelmen und sonstigem Kriegszubehör einen Namen gemacht habe. Auch habe er Ansichten zur Stabilität der Reichsmark geäußert, die nicht von allen Anwesenden geteilt worden seien, was zu einer heftigen Diskussion mit seinem Bruder Ernst August geführt habe, der – das sei nicht zu übersehen – in einem gewissen Rivalitätsverhältnis zu Johann Heinrich stand. Überhaupt könne man sagen, daß Johann Heinrich sich an diesem Abend ein wenig über das Maß hinaus ereifert habe. Das sei jedoch für sie alle, die ihn gut kannten, nicht ungewöhnlich gewesen. Er habe in zunehmender Erregung Sätze ausgestoßen, die mit »nie wieder« begannen und die sich sowohl auf die nationale als auch auf die wirtschaftliche Situation bezogen. Darin habe keiner der Anwesenden ihm vorbehaltlos zustimmen können, und schließlich habe man sozusagen ihm als dem Hausherrn allein das Wort überlassen. Das sei im Herrenzimmer gewesen, wohin die Herren sich nach dem Essen, das übrigens vorzüglich gewesen sei, zurückgezogen hätten. Später dann habe man sich mit den Damen, die sich derweil im Salon aufhielten, im Musikzimmer zusammengefunden, wo Clara, wie öfter bei solchen Gelegenheiten, ein kleines Konzert gab. Sie sei eine ungewöhnlich begabte Pianistin und ihre Stimme von solchem Schmelz und solcher Reinheit, daß sie zum Schluß auch immer gebeten werde zu singen. Sie habe nun diesmal auf den beinahe flehentlich vorgetragenen Wunsch ihres Mannes hin, dem sie sich nicht zu widersetzen vermochte, ein Lied gesungen, das allen Gästen, wenn sie auch nichts dergleichen geäußert hätten, ein wenig unpassend erschien. Es sei ein Lied, das eher in Jagdhütten als in Salons gesungen werde und auch seinem Text nach ein Jagdlied. Es handle von einem Hühnervölkchen, das irgendwo verängstigt im Klee sitzt

Am ersten Tag der Jagd.
Da sprach der Hahn: mir wird so weh,
mir träumte diese Nacht,

die schöne Zeit, sie wär vorbei,
es roch nach Pulver und nach Blei.
Drum Kinder küßt mich, eh wir gehn.
Wer weiß, wann wir uns wiedersehn
usw. usw.

und man habe schon bei den ersten Worten Johann Heinrich weinen gesehen, was aber insofern nicht als besonders bemerkenswert aufgefallen sei, als die meisten der Anwesenden beim Klang dieser Stimme und spätestens bei den Worten: Drum Kinder küßt mich ... selber den Tränen nah und vollauf damit beschäftigt gewesen seien, die eigene Sentimentalität zu zügeln. Sie habe auch zu schön gesungen. Und alle seien sie hinterher, der Geschmacklosigkeit bewußt, ein bißchen verlegen gewesen. Jetzt erst, im nachhinein, mein Gott, erst jetzt kämen einem die wahren Tränen und wüßte man, warum man weinte. Damals jedoch hätten sich alle vollkommen ahnungslos und mit Dank für einen Abend, der, wenn man es richtig betrachte, nicht anders verlaufen sei als gewöhnlich, verabschiedet.

Man hatte die Gouvernante vergessen, die auch dabeigewesen war, eine hochgewachsene, blonde Französin, nicht älter als fünfundzwanzig, die bei solchen Anlässen anwesend war, ohne daß man erwartete, daß sie sich ungefragt an Gesprächen beteiligte. Sie hielt sich im Hintergrund. Nur einmal war es geschehen, daß ein Gast sie mit der Hausherrin verwechselt hatte, die, klein, zierlich und brünett, zufällig neben ihr stand und so vollkommen das Bild einer französischen Gouvernante bot, daß der Gast, der sich, ohne zu zögern, über Mademoiselles Hand gebeugt hatte, sich darauf Clara zuwandte und sie auf Französisch begrüßte, worauf sie ihn auf Französisch über den Irrtum aufklärte und Mademoiselle, der der Vorfall sehr peinlich war, sich mit einer in akzentfreiem Deutsch gemurmelten Entschuldigung schnell zurückzog.

Sie war kurz vor Ausbruch des Krieges ins Haus gekommen und trotzdem und wie selbstverständlich geblieben. So war sie plötzlich eine Art Kriegsgefangene geworden, und für eine Zeitlang war es wirklich ratsam gewesen, daß sie das Haus nicht verließ. Johann Heinrich, dessen Verdienste um das Vaterland ganz außer Zweifel standen – die Stahlhelmproduktion lief damals auf vollen Touren –, er konnte sich eine Französin in seinen vier Wänden leisten. Es konnte jeder wissen, daß er sie hatte. Sie paßte ins Haus wie der Flügel im Musikzimmer und die Trophäen an den Wänden. Sie gehörte dazu.

Darum hatte sie niemand gefragt, ob ihr etwas aufgefallen war an jenem Abend. Sie hätte, selbst unauffällig, wahrscheinlich auch nichts darauf gesagt und nur heimlich an die Unruhe gedacht, die sie beherrscht hatte. Warum? Es gab nichts, was sie gerechtfertigt hätte. Es war wie immer gewesen. Und trotzdem hatte sie sich mehrmals von der Gesellschaft entfernt auf der Suche nach möglichem, niemals ganz ausgeschlossenem Unglück. Die Kinder schliefen. Das heißt, sie ging nur zu Carl hinein. Ernst war mit vierzehn schon zu alt, um bei Nacht von ihr kontrolliert zu werden. Und Franziska, die heitere kleine Franziska, war bei den Verwandten im Pfarrhaus zu Besuch und wurde durch diesen Zufall oder, wie sich Mama später ausdrückte, ein gnädiges Einsehen Gottes bewahrt und gerettet: Sie blieb über Monate dort, und ihr Großvater klärte sie sehr behutsam und niemals ganz wahrheitsgemäß darüber auf, was geschehen war, so daß Franziska ein Leben bevorstand, das ohne weiteres glücklich genannt werden kann. Ihr wurde das Unbegreifliche in Form von Trauer, nicht von Entsetzen zuteil.

Die Mädchen waren noch in der Küche. Die Hunde lagen an ihren Plätzen, und offenbar hatte niemand Feuer im Haus gelegt. Mademoiselle kehrte in den Salon zurück, wo die Damen beim Kaffee saßen, und fand auch dort keine Ruhe. Später, bei Claras Gesang, beunruhigte sie das Klappern eines Fensterladens, der im Wind hin- und herschlug, und in dem Gefühl, daß sie es schon lange gehört und daß es sie zunehmend gestört hatte, stand sie, ohne ein Geräusch zu verursachen, auf, um unter immer leiseren Tönen und immer lauterem Klappern der Spur zu folgen, die zu Johann Heinrichs Zimmer führte. Sie machte die Tür auf und stürzte im Bann eines von Gespenstergeschichten genährten Entsetzens zum Fenster, das hinter gebauschten Gardinen weit offenstand. Sie lehnte sich über den dunklen Abgrund und griff nach den Läden, die Johann Heinrich vergessen hatte zu schließen.

Als sie zurückging, war es umgekehrt: Die Musik wurde lauter und ihr Herzklopfen wieder leiser. Sie hielt sich an die Beschwörungsformeln und kleinen Phrasen, mit denen sie sich bisher durchs Leben geholfen hatte. Es ist nichts Besonderes, sagte sie sich, es ist alles in Ordnung. Sie war von nichts anderem als einer bösen Vorahnung erfüllt, die sich, wie immer, erst später, als das Geahnte geschehen war, als Vorahnung enthüllte und zunächst und auch eigentlich nichts weiter als ein hormonell bedingter Anfall von Unruhe war, der sie regelmäßig am Vorabend eines Zustands heimsuchte, für den sie kein deutsches Wort kannte. Und als sie Stunden später aus ihrem Schlaf aufschreckte, den ein gräßlicher Ton nicht beendete oder störte, sondern einfach zerriß, entfuhr ihr gleichzeitig mit dem Laut, den sie ausstieß, ein Schwall von Blut. Sie blieb minutenlang darin liegen und wußte nicht ein noch aus, als sei dies das Schreckliche, das sie erwartet hatte. Dann hörte sie Stimmen und wußte, hatte lange vorher schon gewußt, was geschehen war.

Währenddessen war Johann Heinrich schon sehr weit weg. Er kannte den Wald vom Nachmittag wieder. Jetzt fand er sich darin zurecht. In dem, was am Nachmittag fremd war, fand er sich zurecht. Es war derselbe Wald und war doch nicht derselbe. Es war der Wald des Rehbocks. Er spürt den Erdboden unter den Läufen, und auf dem Rücken und an den Flanken spürt er das Streifen der Äste. Er sucht das Dickicht, das dicht genug ist, um darin zusammenzubrechen. Er hat nicht gewußt, daß der Weg so weit ist, auch für das schnelle, das wundersame, das krankgeschossene Wild, das ihn ganz genau kennt. Auch wußte er nicht, daß vieles, was jetzt noch kommt, so traurig und schwer ist. Zum Beispiel, wie er mit Carl an der Hand – und Carl mitzunehmen, das hatte er ja versprochen – vor dem verendeten Rehbock steht, der in seinem Schweiß liegt – in ein fast undurchdringliches Dickicht hat er sich geschleppt – und Carl sich weigert, ihn anzufassen: Er will nicht, er schreit, zerrt ihn weg. »Komm, Carl, faß ihn an«, sagt er sanft, »du mußt Jäger werden, du mußt das lernen.« Er dreht den Rehbock zur

Seite und zeigt ihm den Schnitt: Er ist aufgebrochen und hohl. Carl muß ihm helfen. Er kann ihn allein nicht tragen. »Hilf mir doch, Carl«, sagt er, »ich tue dir nichts. Faß mich an! Ich bin tot.« Aber Carl ist nicht da. Er liegt allein in dem Dickicht. In einem Bett aus altem Herbstlaub und Erde. Allein und ohne Eingeweide.

Es hat noch zwei Tage gedauert, bis er im Krankenhaus starb.

Er hatte gewartet, bis alle schliefen. Er gab ihnen eine halbe Stunde, nachdem die Geräusche im Haus verstummt waren. Dann konnte er seine Erregung nicht länger ertragen und schlich im Dunkeln die Treppe hinunter. Die Tür zum Herrenzimmer stand offen, und kalter Zigarrenrauch lag in der Luft. Er machte das Licht an und holte die Waffe aus dem Jagdschrank, die immer schon hierfür bestimmt war. Sie lag ihm vertraut in der Hand. Er spürte die Lust, die er jedesmal spürte, wenn er eine Waffe berührte. Er machte das Licht aus, schloß die Tür und ging wieder nach oben. Auf Zehenspitzen. Es durfte ihn jetzt niemand stören. Seine Unruhe, die unerträgliche, die ihn nicht losließ, sie hatte für diesmal wieder die Form von Jagdfieber angenommen. Ein Schuß, ein Schuß war es, wonach er verlangte! Mit äußerster Vorsicht pirscht er sich lautlos an Claras Tür vorbei, die nur angelehnt ist, und erreicht sein Zimmer. Er weiß, wen er jagt. Er macht ganz leise die Tür zu. Dann ist er allein mit dem Wild, mit dem Feind, mit dem angstvollen Reh, mit sich selber.

Er zittert vor Jagdfieber, als er die Waffe entsichert. Ganz kurz glaubt er, daß es nicht ernst ist, daß er noch aufhören kann wie sonst in seinen Gedanken. Dann sieht er den Lauf auf sich gerichtet. Er fleht den Jäger an, schnell zu machen. Er kann es nicht länger ertragen. Und gleichzeitig spürt er, daß man nicht lange so aushalten kann, den Lauf an der Schläfe, die Arme weit von sich gestreckt am Abzug – und beide, den Jäger und sein Wild kann nur ein Schuß noch erlösen.

Er stemmt sich gegen den Abzug und fühlt noch, daß irgend etwas verkehrt herum ist und falsch und verdorben. Er hat ins Schwarze getroffen.